탑

마이노리티시선 40

탑

지은이 〈객토문학〉 동인
펴낸이 조정환
책임운영 신은주
편집부 김정연·오정민
홍보 김하은

펴낸곳 도서출판 갈무리 등록일 1994. 3. 3. 등록번호 제17-0161호
인쇄 2013년 12월 12일 발행 2013년 12월 22일
종이 화인페이퍼 출력 경운출력·프린트엔 인쇄 예원프린팅
라미네이팅 금성산업 제본 은정제책

주소 서울 마포구 서교동 375-13호 성지빌딩 101호
전화 02-325-1485 팩스 02-325-1407
website http://galmuri.co.kr e-mail galmuri@galmuri.co.kr

ISBN 978-89-6195-076-3 04810 / 978-89-86114-26-3 (세트)

값 7,000원

이 도서의 국립중앙도서관 출판시도서목록(CIP)은 서지정보유통지원시스템 홈페이지(http://
seoji.nl.go.kr)와 국가자료공동목록시스템(http://www.nl.go.kr/kolisnet)에서 이용하실 수
있습니다. (CIP제어번호 : CIP2013026600)

탑

〈객토문학〉 동인 제10집

갈무리

10집을 내며

MB & 그네 국정원 국방부 심리전단 사이버사령부 SNS여론 조작 댓글 국가보훈처 일베 여자 남자 좌익효수 깃털 오리털 닭털 음지에서 음지로 개버릇 몸통 머리 서울경찰청장 수서수사과장 사이버분석팀 국정감사 증언 선서X 거짓 뻔뻔 얼굴 입꾹 고장 난 지퍼 열리지도 닫히지도 푸른 기와집 녹슨 대문 정치적 중립X 흐림 기온 급강하 교학사 친일미화 역사왜곡 전국교직원노동조합 인권위 현병철 불법X 어버이연합 군복 선글라스 가스통 내란음모 공안정국 민주주의 전두환 6억 시세 300억 그네 밀양 765송전탑 할매가 간다 한전것들 농촌 도시 원전부품비리 눈덩이 공권력X 국가폭력 현대차비정규직 유성기업노조 철탑농성 감사원 4대강비밀문서 사대강 녹조 운하 국토부 환경영향평가 4대강전도사 담합 로봇물고기 보 남지철교 쇄굴현상 인물 역사 김용준 김성주대성산업 원세훈 김용판 김무성 권영세 남북정상회담대화록 메카시즘 김기춘 이석기 윤창중 진영 양건 채동욱 권은희 조명철 김용주 한승조 유영익 세종대왕 이승만 박정희 귀태 1970년 새마을 운동 근면자조협동 2013년 새마을운동 유신회귀 세법개정 재벌옹호 서민과세 증세 없는 복지 기초노령연금 공약X 진실외면 방송X 타오르는 촛불 꺼지지 않는 촛불 촛불 앞에서 대한민국 주권자로서 나는 지금 무엇을 하고 있는가 되묻지 않을 수 없다.

객토 10집을 준비하는 동안 역사의 강물은 뒷걸음질을 치느라 휘청거렸고 앞으로 나아가고자 하는 파도는 제 몸에 난 상처마저 돌볼 여유도 없이 역사의 퇴보에 맞서느라 하루가 어떻게 가는지조차 모르는 그런 시대에 우리는 서 있다. 여기 하나의 촛불과 두 손을 가지런히 모아도 모자라는 탑 하나 미력 하나마 세워 보고자 마음을 모았으나 정작 마음뿐이다.

2013년 11월
마산 3.15탑 앞에서
〈객토문학〉 동인

차례

10집을 내며

초대시

塔 詩

詩의 길 길의 詩

나의 시 나의 삶

초대시

박구경

암흑가의 아파트

25년 전엔 5층 아파트를 계단으로 걸어 올라갔고
10년 전엔 15층 아파트를 엘리베이터로 올라갔다

지금은 28층이다
호롱불처럼 전기가 훅, 꺼져서 그냥 걸어 올라갔다

살아있는 것은 그 이상을 오르지 않는다
플라타너스 미루나무 마구 자라는 것 같은 칡덩굴도 콩나물도

박구경 경남 산청 출생. 1996년 〈문예사조〉로 등단. 시집으로 『진료소가 있는 풍경』, 『기차가 들어왔으면 좋겠다』 등.

김영곤

탑

꼭대기는 높고 좁다

바닥은 차갑지만 넓다

둘을 이어준 기둥에서 하얀 김이 피어오르자

신음소리 가파른 상승곡선을 그리며

허공으로 메아리진다

기단은 이를 악물고 무게를 견뎌보려 하지만

그때마다 검은 구름이 검버섯을 심어놓고

저승 가는 길을 안내하고 있다

피안은 가까운 맨 바닥인데

계단이 높이를 더하려 들 때마다

층층 오를 수 있는 그 곳엔

엎드린 가슴 마디마디 생채기가 돋았다

디딤발의 풍상이 저려

도솔천에 칼을 든 통증이 그림자로 앉는다

금세 벼락을 내리칠 먹구름이

하늘 문에 자물쇠를 채우는 그 시간

귀머거리 딴청들

강 건너 불구경을 즐기고 있다

썩어가는 기둥뿌리에
방부제를 뿌려대면서

김영곤 경남 의령 출생. 1996년부터 시작 활동. 의령문학회 회장 및 의령문인협회 회장을 지냄. 한국문인협회 및 한국작가회의 회원. 경남문협 및 경남작가, 의령문협 회원. 시집으로 『골목길』 등. 2013년 청산 동인지 참여.

김진희

태종대

조개구이 먹으러 태종대 간다 KBS일박이일에 나왔던 집은
유명세를 치르느라 바쁘고 그 옆 포장마차로 간다 비닐천막
구멍으로 바닷바람이 술술 들어와 서늘하다 목소리 걸걸한
아주머니는 옆 자리 갓난아기에 붙어 앉아 일손을 놓고 까꿍
까꿍, 연탄불에선 조개가 자글자글 밖에선 하늘 한 쪽이 불그
스름하게 익고 바다 위 배들은 전기회로도 스위치를 닫는다
기쁘고도 서러운 것이 노을 때문인가 약해진 잇몸에 낀 질긴
조갯살이 근심이구나 포장마차 밖 바다를 나는 자꾸 기웃거
린다 어두운 바다 여기저기 배들이 꼬마전구를 밝혀 내 몸도
환하게 출렁인다 별들도 저희들끼리 손잡고 출렁인다 망개장
수를 불러 망개떡을 사먹고 은박지 조개양념에 밥 볶아 숟가
락으로 박박 긁어 먹는다 바닥이 드러난 어둔 하늘에 은빛으
로 구겨지는 별, 별들…… 영도구청을 지나 영도를 한바퀴 빙
돈다 바다를 잇몸처럼 끼고 사는 이곳은 기쁨과 서러움이 방
향을 바꿔가며 전류처럼 흐른다 김진숙 씨가 크레인에 300일
넘게 올라가있었던 한진중공업이 어디냐 묻는데 바로 차창 밖
이다 크레인도 보인다 김진숙 씨의 외로움에 바다가 한몫 했
을 거라 생각한다 또 위로와 힘이 되어 준 것 역시 바다일거라

잠깐 생각하며 돌연 나는 숙연해져 조개처럼 입을 다문다

김진희 부산에서 태어나 진주교육대학을 졸업. 양산 삼량초등학교에서 아이들을 가르치고 있다. 2006년 제1회 경남작가 신인상으로 등단. 시집으로 『굿바이 겨울』 등이 있다

양곡

탑塔

돌을 깎듯 정신精神은
허공을 오른다
한 걸음 두 걸음
시지프스가 산을 오르듯
등짐을 지고

마음에 자리한
돌 벽돌 나무들은
불안하다
언젠가는 무너질 것을 예비한 채
절 마당을 버티고 선 공든 탑
지극 정성의 정점頂點
운주사 천탑千塔이여
세우기도 전에 이미 운명을 끝낸
밀양 송전선 철탑이여
어느 교회의 첨탑에서도 일순간 하늘은 무너져
산천山川을 떠도는
파편破片들은 어디에도 있다

돌을 쌓듯 정신은
허공을 밟고
시지프스처럼 한 걸음씩
산을 오른다 잔뜩
등짐을 지고

양곡 경남 산청 출생. 1984년 개천문학 신인상. 경남작가회의 이사. 시집 『어떤 인연』, 『길을 가다가 휴대전화를 받다』 등.

이월춘

塔

좌우지간 높은 것들이 문제야
수박 농사짓다가 군의원 된 사람
회의하다가 시청 과장 뺨 때리는 시의원
군수한테 대거리하는 동네 이장
하긴 일제강점기 육이오 때부터 완장 찬 놈들이 문제였지
씨엔타워나 도쿄타워는 관광객으로 돈이나 벌지
고공철탑과 송전철탑은 뭐하자는 것꼬?
진해의 시월유신탑처럼
땟국물 흐르는 발자국으로 역사에 낙서나 하니
산도 히말라야나 에베레스트가 문제고
아버지 산소도 산꼭대기에 있어 문젠데
언제나 정신精神이 높고 고결한 게 문제였지
상하이 동방명주는 불빛만 좋더만
그냥 씨익 웃고 말자
이때는 소이불언笑而不言이 맞나?
완이이소莞爾而笑가 맞나?
죄가 있어봤자 웃은 죄밖에 더 있겠나
좌우지간 세상은 높은 것들이 문제야

이월춘 1957년 창원 출생, 1986년 무크 『지평』과 시집 『칠판지우개를 들고』로 등단. 시집 『그늘의 힘』, 『산과 물의 발자국』 등. 경남시인협회 부회장, 경남문학상, 경남우수작품상, 월하진해문학상, 진해예술인상 수상.

장유리

아, 密陽

영감,
열여덟 새색시의 옷고름을 풀던 첫날밤
실갱이를 벌이던 스무 살 신랑은 지쳐 잠들고
생각하면 살포시 웃음 짓던 날도 있었소.
그 옛날 YH 꽃다운 처자들이 목숨 같은 옷을 벗듯이
영감, 오늘은 내가 옷을 다 벗었소.

당신의 주검이 있는 자리고
내 주검을 누일 땅이고
내 아들과 내 손자가 살아야 할 이 땅에
내 피땀을 흘려 살아온 논밭을 내놓으라니
무시무시한 고압선 철탑을 세우노라 비켜라 하니
영감,

나는 어제 묘 자리를 파 두었소.
이래 죽으나 저래 죽으나 한평생 땀을 쏟아 온 목숨 같은
내 땅
어제는 평생 고성을 질러본 적 없고 욕 한 번 안 하고 살아

온 내가

에이 이 시르배놈들 거기는 내 땅이여 내 밥줄이여

비켜라 이놈들아 욕을 했었소.

영감, 무시무시한 힘 앞에서 뿌릴 수 있는 건 똥물밖에 없

는지

영감,

도와주러 온 저 양반들 가버리면 힘없는 할매 할배 우리들이

더 이상 어쩌겠소?

미안하오.

볼 낯이 없소.

곧 나도 따라 가리다.

아, 密陽

오늘 저 秘密의 太陽 앞에서

모든 거짓말과

거짓 맹세와

거짓의 노래를 버린다.

장유리 경남 삼랑진생. 1999년 『시와 생명』으로 등단. 한국작가회의 회원으로 활동하고 있다.

장인숙

한평생 탑

어젯밤 한 통의 전화
끝났다는 내용이다
빈소가 어디인가,
장지는 어디이며,
두 가지 물음에서 숨은 끊겼다
아침, 목욕탕에서는
그 사람에 관한 이야기가
탕 안에서 뜨겁다
일생 쌓은 탑이 도미노처럼
와르르 한순간이다
대수롭지 않게 태어나
대수롭지 않게 살다가
대수롭지 않게 떠나는 것이
삶이라는 며칠 전 보았던
연극 3막이 떠오른다
무사히 끝낸 배우들에게
보냈던 미소가 번진다
박수 소리가 귓가를 때린다

장인숙 경남 의령군 봉수면 천락에서 팔남매의 막내로 태어났으며, 시집으로 『그대가 보내준 바다』, 『명품 시집』 등. 현재 경남문인협회, 의령문인협회 회원으로 활동하고 있다.

정선호

돌탑을 쌓다

평화롭던 밀양시 농촌에 송전탑을 세우려 한다
엄청난 양의 전기를 보낼 수 있는 것이다
그것도 치명적으로 위험한 원자력으로 만든
전력을 보내는 송전탑이다

인류는 러시아의 체르노빌, 일본의 후쿠시마 원전에서
원전이 줄지 모르는 대재앙을 보았다
정부는 그 재앙을 줄지 모르는 원전의 전기를 보내는
송전탑 공사를 주민들의 의견을 무시한 채
공권력을 동원해 막무가내로 강행하는 것이다

마을 어르신들과 양심 있는 이들은 공사를 막으려
밤낮으로 스크럼 짜고 쇠사슬을 몸에 감았다
마음엔 후손에게 물려 줄 온전한 강산을 염원하는
돌탑을 쌓았다

돌탑은 사람들의 염원을 우주의 모든 것에 보내고
우주를 창조한 조물주에게도 보냈다

사람들은 마음의 돌탑 주위를 돌고 돌았다

정선호 충남 서천 출생. 2001년 『경남신문』 신춘문예로 등단. 시집으로 『내 몸속의 지구』 등.

이응인

밀양 송전탑 반대한 김정회를 석방하라

8월 26일 새벽
어린것들 보는 앞에 잡아간
밀양시 단장면 동화전 마을 김정회를 석방하라.

건강한 먹거리 키워
도시 사람들에게 공급하겠다며
번듯한 직장 접고 귀농해
밤낮 없이 유기농에 힘 쏟던 그에게
송전탑은 날벼락이었다.

765kV 송전탑 싸움
마을 대책위원장 이름을 단 것은
젊다는 이유로
거동 불편한 어른들
심부름을 위해서였다.

이제 김정회는 석방하라.
칠팔십 노인들

생존의 터전을 앗아간 건
그가 아니다.

눈 있으면
밀양 시내를 돌아보라.

"765kV 송전탑, 반대만이 능사가 아니다.
합리적인 방법을 선택하자!"
"기업을 위하여, 국가를 위하여, 아름다운 양보를 부탁드립
니다."
"765kV 송전탑, 현실적인 대안으로
하루속히 살기 좋은 밀양으로 돌아가자!"

밀양상공회의소, 농공단지협의회, 새마을지도자협의회,
무슨 추진협의회, 무슨 운동협의회가
큰길에 플래카드 도배를 했다.

보아라, 답이 나왔다.
그들은 진정 '아름다운 양보'를 할 사람들이다.
76만 5천 볼트 송전탑!
상공회의소, 농공단지 위를 지나게 하라.
무슨무슨 협의회 골목과 정원을 지나
옥상으로 넘어가게 하라.

그 숱한 단체 회원들이 뜻 모아
길을 내어 줄 것이다.
그들은 '양보'를 알고, '합리적인' 사람들이다.
게다가 밀양시가 그들을 적극 지원하지 않겠는가.

그들에게 철탑 아래 논밭을 사서
농사짓게 하라.
그들은 '현실적 대안'으로 땅을 사서
전자파를 이겨내며 일만 하지
결코 공사 방해를 하지 않을 것이다.

그러니 밀양 송전탑 끝났다.
이제 김정희는 석방하라.
동화전 마을로 돌아가
아내와 어린것 함께
논밭으로 다시 나가게 하라.

이응인 경남 거창 출생. 시집으로 『그냥 휘파람새』, 『어린 꽃다지를 위하여』, 『천천히 오는 기다림』, 『따뜻한 곳』, 『투명한 얼음장』 등.

塔 詩

탑, 무너지다

직장에서도
가정에서도

엎드려
엎드려

나이 먹으면
설 곳이 없는

겉으로는 당당해 보이는
아버지

다랑논

그때 저 산은 탑이었다
가난한 농부들이
바위를 부수고
흙을 골라 일구어낸
손바닥만한 작은 논으로
한 층 한 층 쌓아올린 장엄한 탑이었다

잘살아보겠다고
자식들만큼은
남들처럼 잘살게 하겠다고
할아버지
할아버지의 할아버지 그 이전부터
온몸으로 가꾸고 기도하던 탑
늘 응답하던
영험한 탑이었다

햄버거에 길들여지고
아메리카노 커피에 물든
모든 가치를 돈으로 두들기는 셈법에
무너지고 무너졌지만

아직도 우리를 지탱케 하는 탑
탑이다

파리 목숨

더 이상 물러날 곳도
더 이상 비켜설 자리도 없는
하루살이 같은 이 땅의 비정규직

시키는 대로 부지런히 일해
안정된 탑 쌓아가고 싶지만
바람만 조금 불어도 대롱대롱
불안하게 매달린 위태로운 자리

탑은 무시로 흔들리고

흔들리면
한순간 와르르 무너져 내릴
비상구가 없는 우리의 내일

희망버스

희망을 찾고
희망을 서로 나눌
앞날이 보장된 일터를 위해

철탑이 신열을 앓고 있다

비정규직의 올무에 갇혀
시름시름 앓으면서도 절대
절대 희망은 포기하지 않을 것이고

아직도
잠들지 못해 끙끙대는 아픔 보며
더 기다릴 수 없는 마음 서둘러
힘이 되고 보약이 될 관심 챙겨

오늘도
철탑으로 가는 버스를 탄다

탑들 이야기

그곳에 널따란 논들이 있었다 아이가
이름하여 탑들이라 했제
그 논들 가운데쯤
언제부터인지도 모르는
굳건한 탑 하나 있어서
사람들은 그 들을 탑들이라 했제

탑들로 흘러드는 골짝물은
먼저 커다란 저수지를 거쳐서
논으로 흘러들게 되었는데
저수지 아래의 논은 차례로
이 저수지에 물꼬를 대 놓고 이었던 기라

탑들의 저수지와 논은
모두 그 마을 이부자 것이었제
나머지 사람들은 너나없이
이부자 소작농이었어

어느 가뭄이 든 해 늦가을
김서방이 그 탑 꼭대기에
새끼를 걸고 스스로 하늘로 갔다 아이가

소작료를 내려야 한다고
늘 목소리를 높이던 김서방은
결국 이부자에게 밉보인 나머지
논에 제대로 물을 댈 수가 없었던 기라

이부자의 머슴들이 김서방의 논에는
제대로 물꼬를 열어주지 않아
가을걷이는 했지만 소출이 절반이라
겨우 소작료만 바치고 남는 게 없었어

화가 난 사람들이
이부자 집에 몰려가 항의해 보았지만
오히려 건장한 머슴들에게
몰매만 맞고 왔다 아이가

울분을 삭이지 못하던 사람들은
그 길로 줄을 지어 논들로 나가
탑을 돌면서 김서방의 혼을 달래 주었제
마을 사람들이 할 수 있었던 것은
그것밖에 없었던 기라

요새 사람들이 알고 있는
탑돌이가 바로 이 탑들에서
시작된 줄로 내는 알고 있다

요즘 뉴스 보이께내
이리도 죽으라 추운 날씨에
사람들이 높은 탑 위로
자꾸 올라가데 그거
저 탑들 이야기 하고 다른 기 뭐꼬?

들리는가

밤새 철탑이 자랐다
강추위에 얼지 않겠다는
절실함을 품었으니
강풍으로 쓰러질 수 없는
절박함을 품었으니
악몽의 밤을 보내고
아침을 맞았으니
밤새 철탑이 자랐다

소박한 바람으로
눈물을 품었으니
탑은 점점
높아만 간다

들리는가?
높은 철탑 위에서 외치는 말
헤아리는가?
실상은 낮은 말

"제발 먹고나 살자!"

무영탑

망치소리 가슴을 때리고
날 선 정 끝이 파고들 때마다
조각난 몸에
화려한 문양을 새기던
부풀은 꿈의 날이 있었다.

네가 살고 내가 사는
인고의 그 외길
번듯한 탑처럼 일으켜 세우자고
밤낮으로 공들이며
노동을 팔아 꿈을 사던
그 약속의 땅

배반에 펄럭이는 깃발처럼
공장 굴뚝과 철탑 위에서
가장의 외침이 타들어 간다.

기약 없는 화해

파업 배상의 재갈을 물고
죽음으로 값을 치르고 마는
이 질기고 가혹한 싸움
오로지 몸 하나에 의지하는
가련한 노동자에게
사랑도 눈물도 말려버리고 마는
비정한 지배의 뙤약볕을 가려줄
그늘이 없다.

공든 탑

단단하고 무겁게
한 자리를 지키고 싶었다.

외풍에도 끄떡없이
늘 든든하게 서 있고 싶었다.

식솔들의 바람을
층층이 이고
소원이 이루어질 때까지
기울지도 흔들리지도 말고
변함없이 오래오래 버티고 싶었다.

지반이 내려앉을 때마다
균형을 잡느라
실금이 간 온몸을 추스르기 위해
때로는 남모르게 흔들리기도 하는
돌탑 같은 그 자리

아버지

구조의 탑

끝이 보이지 않아 올랐습니다.
소나무를 타고 오르는 담쟁이처럼
단지 우리도 같이 햇살의 세례
나누고 싶다는
"나 여기 있다."는 발돋움
그 끝에 가 닿기 위해 탑이 되었습니다.

기원의 탑이 아니라
구조의 탑입니다.
살려주세요. 살려, 숨 쉴 수가 없어
더 높이 이를 수밖에 없었습니다.

하늘을 넘본다고 손가락질 끝에
해는 더욱 붉고 높습니다.

슈퍼 갑 그 아래 또 아래
아득한 저 아래
단지, 같이 숨 좀 쉬자고

철 탑 끝으로 오른

을의 비명

붉은 깃발 펄럭이는.

돌멩이 탑

저 곳에다 누가 희망을 품었을까?
물처럼 흐를 수 없어 돌이 된 영혼들
끼리끼리 하늘을 넘보는 발돋움
세차게 흔들며 넘실대는 물살 위로

바위처럼 안전할 수 없어 서러운 비정규직
기댈 데 없어 하늘 밖에 볼 수 없는 농심
세파의 물살에 언제 쓸려갈지 몰라도

한때 바위를 꿈꾸던 돌멩이
한때 밀물로 몰려가 바위도 밀어 냈던 돌멩이

시청 앞 흔들리는 촛불 하나 간신히
하늘에 닿고 싶은 염원 간절하면
수만의 불빛 폭포처럼 흐를 수 있을까

누군가 휩쓸리며 부딪히며
안간힘으로 쌓았을 저 돌멩이 탑
무너지며 부딪히며 바위를 흔들 수 있을까

씨앗 맺다

봄볕에 핀 배추 꽃대를 본다
활짝 핀 꽃을 본다

아래로부터 층층이
한 겹 한 겹 허물을 벗듯
연약한 잎사귀 탑처럼 쌓아올린
봄배추를 본다

꽃 잎 지고 씨앗 맺는 일이
공든 탑을 쌓는 일인 줄
어찌 모를까 마는

살아가는 일이 늘상 겨울이라면
쉽게 꽃 대궁 밀어 올리지 못하리라

배추 잎 층층이 쌓아
씨앗 맺는 꽃대를 앞에 두고
지난 겨울을 본다

팔용산 돌탑 길에서

팔용산 돌탑 길 지날 때마다
그냥 지나치지 못한다

누가 먼저 시작했을까
견고하고 멋있게 쌓은 탑 곁에
하나 둘 엉성하게 쌓이는 돌들

오르내리는 사람들 틈에
나도 돌 하나 올리며
돌의 온기를 느껴본다

실업에서 벗어나고픈 가장의 돌
안정된 직장을 바라는 비정규직의 돌
아픈 몸 바로 세우고픈 희망의 돌

모난 돌 둥근 돌
서로서로 손을 잡고
언제쯤 단단한 탑으로 설 수 있을까

삼천 일

밀양 송전탑 반대 촛불집회
'할매가 간다'는 어느새 백 여덟 번째를 넘기고 있었다
어르신들의 행보 삼천 일
영상 속 눈물이 어둠을 밝히는데

한 번에 떼어내지 못한 반창고처럼
뻔히 아픈 것을 알면서도
삼천 일이나 견디어 내고 있다니

송전탑이라는 괴물로부터 고향 산천을
지켜내야 하는 밀양 어르신들

위정자들이나 한전 것들*이나
촛불을 밝히고 있는 우리들이나
여기에 앉아보니 알겠다

가장 높고 위대한 탑이 그들이라는 것을

* 송전탑 공사를 힘으로 밀어 붙이는 한전직원들을 할머니 할아버지들은 '한전 것들'이라고 부른다.

엘리베이터

맨 꼭대기 층에 불이 들어와 있으면
긴장하는 버릇이 생겼다

같이 가요
닫혀가는 문을 잡고 뛰어 들어갔다
평온해 보이는 낯선 중년 여인이 타고 있었고
마지막 층에 불이 들어와 있었다
우리라인에 사는지 묻지는 않았지만
눈인사를 하며 먼저 내렸는데

애액애액 애액애액
아파트가 떠나갈 듯 구급차가 울어 제꼈다
함께 올라갔던 그 여인이
엘리베이터를 타고 내려오지 않은 그날부터
마지막 층에 멈춰 서 있기라도 하면
식은땀이 먼저 등줄기를 타고 흐른다

안전하게 위로 올라갔던 사람을
다시 안전하게 싣고 내려오지 않았다고
엘리베이터를 탓할 일은 아니지만

위로위로 올라가서는
날개도 없이 날 수 있다고 믿는 사람들 앞에
오늘도 엘리베이터의 육중한 문은 열리고 있다

시간이 멈추어 있는 탑

이 땅에는 더 이상 오를 탑이 없다
탑과 함께 멈추어 버린 시간만이 녹슬고 있다
목숨을 건 발걸음이 탑 위에 멈추고부터
탑에 오르는 것이 목적이 아니라는 것을 증명하고 있다
이 지구상 어디를 가도
우뚝 선 탑들이 숱한 전설을 품고 있지만
이보다 우뚝 선 탑은 없다
이보다 절절한 사연을 품고 있는 탑은 없다
오르는 일은 긍정의 말이지만
이 탑 위에서는 더 이상 긍정의 말이 아니다
언제부터 탑이 마지막 생존의 끈이 되었나
이십 미터 삼십 미터 아무리 높은 탑에 오르고
백일 천일 얼마나 오랫동안 탑 위에서 연명해도
탑에 오르는 것만으로는
탑에서 견디는 것만으로는
이 나라에서는 아무것도 아니다
신기록을 세우고도 기록이 남지 않는
시간이 멈추어 있는 탑

강정에서 평택에서 울산에서 밀양에서……

이 땅에는 더 이상 오를 탑이 없다

더 이상 탑 위에는 시간이 흐르지 않는다

탑

그곳에 올라가기로 마음을 정하기까지 아침이면 일어나기 힘들어 몸을 뒤척였고, 어느 때와 상관없는 아침이지만 한 발을 올려놓게 될 그곳을 쳐다보며 몇 번을 망설이기도 하였으나, 길 아닌 곳이 길이 될 때도 있다는 생각에 마음을 다지기로 했다 김진숙 그녀가 크레인 위에 올라 허공에 몸을 매달았듯 저 허공이 생소하게 다가오지 않는 것은 그녀와 같은 허공을 살고 있기 때문이다 지금까지 이 한 몸을 매달 곳을 찾기 위해 살기라도 한 듯 그곳에 올라가기로 결정을 하자 마음이 얼마나 편안한지 스스로 놀랄 정도였다 한 발을 그곳에 올려놓는 아침이 전혀 새로운 아침이 아니라는 것도 알 수 있었다 바람소리는 어제와 상관없이 울음소리를 내고 있었고, 아침마다 딸에게 사랑한다고 학교 잘 다녀오라고 날려주던 문자를 오늘은 쉽게 날릴 수 없다는 것이 조금은 다른 아침이었다 그곳에 한 발을 올려놓으며 본 하늘은 정말 푸르기도 했지만 정작 올라갈 곳이 옥상도 아니고 크레인도 아니고 송전탑이라는 것에 무슨 의무감 같은 것을 느끼기도 했다 어릴 적 탑은 바라보기만 해도 손을 모으게 만들었지만 가장이 되어서는 두 주먹을 불끈 쥐게 만들었다 탑 앞에 겸손해야 한다고 배웠던 시간이 오늘은 거꾸로 가고 있었다 탑 꼭대기에서 붉은 해가 솟아오르는 아침이었다

와락

하고 안는
이 얼마나 격정적이고 가슴 뜨거운가!

마지막 생명줄
33미터 철탑에 매달고
살얼음 천막 안에 가장을 가둔
세상의 끝에서 꿈꾸는
'와락'

정규와 비정규
강제휴직과 정리해고
죽은 자와 살아남은 자
아침과 저녁
당신과 내가 마주할 아침

'와락'

쓸개 없는 투사

비정규직 4년차
"너는 그런 말 하면 안 돼"
그래도
그 방 나가면 선생님? 인데
47년 간 세웠던 자아를 밟고
"니가 그러면 내가 화나"
먹고 사는 게 다 그렇지 하며
그래도 웃었더니
쓸개는 없어진 지 오래고
아직은 내 책임인 아이들 생각하며
밴댕이도 있는 간까지 덜어내고
참는 값, 눈치 값
백만 원.
그래도
일하는 시간에 비해 적지 않다고 스스로 위로하며
질끈질끈 눈을 감고
부르르 쥔 주먹질은 혼자서만 하다가
술잔 앞에선
노동자를 위해 철탑 위에 섰던
김진숙이 되는

詩의 길 길의 詩

종이상자 하나

햇살이 환한 아침
골목 입구에 싸우는 소리 들린다

리어카를 끌고 모자를 눌러 쓴 할머니와
공공근로 조끼를 입은 세 분의 할머니
서로를 향해 언성이 높다

쓰레기를 줍는 공공근로를 하는데
왜 종이상자를 주워 가느냐는 말에
대뜸 종이상자를 던지는 할머니 한 분

하루 종일 발품 팔아 건지는 종이상자 하나
돈이다
쌀이다
목숨이다

아무 일 없다는 듯 햇살은
여전히 환하기만 하다

깐다

김영감님
골목길에 퍼지고 앉아
오늘도 전선을 깐다

명예퇴직으로 까이고
경비직에서 까이고
이젠
할머니에게서 까였는지

입 앙다물고
시커먼 전선만
까고
또
깐다

압력밥솥

아내와 말다툼을 하고
분을 삭히지 못해 혼자
씨근덕거리고 있는데

칙, 칙, 칙
김빠지는 소리 들린다

폭발하기 전
스스로 돌고 돌며 김을 빼는
추를 본다

함께 나누어 먹을
찰진 밥 만드려
스스로를 다스리는 추를 본다

정숙이

초등학교 졸업하고 한 번도 연락 없던 정숙이
느닷없이 찾아와 정수기 하나 사라네
물 참 좋다기에 할부로 끊어서 하나 사기로 했네
정숙이 정수기 잘 팔겠다고 했더니
물 좋은 데 가야 잘 팔린다고 하네
물 나쁜 데 가면 꼬치꼬치 따지기만 한다네
우리 동네도 물 썩 좋지 않다고 했더니 그냥 웃네
정수기는 역삼투압 방식이라고 하네
이 세상도 벌써부터 역삼투압이 작용하고 있지
않느냐고 했더니 웃기만 하네
또 정수되고 남은 물은 버리는 방식이라고 하네
정수된 물이 삼이면 버리는 물이 칠이라 하네
정숙이 너는 지금 삼이냐 칠이냐 하고 물었더니
그저 웃기만 하네 정수기 파는 정숙이

병따개

병마개란 병마개는
다 딸 수 있는 병따개여
든병이란 든병은 다
공병으로 만들 수 있는 병따개여
장하도다 흠모하도다

항상 든병이 문제로다
좀 들었기로서니 든병들은 다 거만하도다
이런 든병들은 죄다
공병으로 만들어다오 병따개여

나 또한 든병이로다
거만하여 든병이 있도다
든병으로 투병중이로다 병따개여
나를 공병으로 만들어다오

오리인 나

　우리나라 지도를 본다 거미줄 같은 길 촘촘 마을 이름 산 이름 강 이름 촘촘 몇 천 미터 상공에서 내려다보듯 지도를 보노라니 나는 문득 청둥오리가 되어 아픈 날갯죽지로 앉을 곳을 찾는다 강으로 가랴 마을로 가랴 강가의 마을로 가랴 마을가의 강으로 가랴 몸은 오리요 마음은 사람인 나 아니 몸은 사람이요 마음은 오리인 나

여행

아파트 주차장 울타리에 빨래 널다가 울타리 너머 건넛집 할아버지 밭에 감자 꽃 바라본다 흰 감자 꽃 보다가 추어탕집 아주머니 점심 준비하는 도마소리 듣는다 다다다다다 다 다다다다 경쾌하게 피어나는 도마소리가 춤추듯 꽃으로 일렁인다 감자 꽃들이 도마소리에 몸을 맡긴다 햇살이 빨래에 기꺼이 와서 부서진다 빨래가 간지러운 듯 한쪽 다리를 비빈다 공기 중에 흩어진 이 시간의 향기를 길게 들이키며 눈을 감아본다

애기단풍

한번 물이 들면
걷잡을 수 없이 번지는 단풍
아기가 가을을 탄다.

돌이킬 수도
바꿀 수도 없는 이 가을
핏덩이가 물들어 간다.

잎새는 꼬막손처럼
바람결에 재롱을 나부끼고
얼굴을 부비며 옹알대는 어리광

늘 이대로 품에 안고 싶다던 바람에
가을이 아기를 데리고 간다.

봄바람타고 홀씨처럼 왔다가
한 번도 보지 못한 흰 겨울로
생젖을 떼고 배꼽을 어루만지며

아장아장 가을을 따라 나선다.

국화 앞에서

차라리 빼앗길 넋이라도 있었으면
온전히 취하지도 않았을 것을
국화 꽃밭에 넋을 놓고
가느다란 꽃대 목을 쓸어 올리며
혼을 빼듯 주절거리다
웃음을 흘리는 늙어버린 누이

진한 향에 취한 듯
짝을 잃던 그날도
하얀 국화 앞에서
혼자 이야기를 주고받던 넋 나간 누이

만개하지 않은 국화 속잎같이
못다 풀어헤친 속내에
짠한 향이 감돌고
헝클어진 머리는 하얀 국화를 닮아간다.

그리 보고 싶다던 밤 꽃구경
실컷 풀어헤치던 그날 밤
향기도 없이

혼자 주절거리다 웃음을 흘리다
하얀 국화 꿈을 꾸었는지
아무도아무도 모른다.

개 소리

물린 다리가 맥없이 고꾸라지고
내 다리 내 다리를 중얼거리는 사이
신경이 끊어진 다리는 찌릿한 전율이 감돌뿐
움직이라는 신호에도
아무런 감각도 반응도 없다.

오로지 주인에게만 가능한 복종
순순히 따르지 않는 것은
언제라도 물어버릴 수 있는
잔인한 동물적 본능

풀썩 주저앉아버린 몸을 질질 끌며
불통이 되어 부자유스런 몸
그래도 한 몸이고
버릴 수 없는 내 몸이다.

뜻대로 따르지 않는다고 잘려나간
수많은 팔다리들이 돌고 도는 인력시장
노동의 가치는
귀한 한 몸이 아니라

언제라도 교체 가능한
흔한 순종부품일 뿐이다.

버젓이 교감 신경을 끊어 놓고도
생산과 성장에 박차를 가하기 위해
한 몸 같이 상생을 외치며
이빨을 감추고 짖어 대는 그 소리

사는 맛

오뉴월 염천에
불까지 피워 놓고 보면
좁은 주방 안은
지옥이 따로 없다

머리끝에서 발끝까지
흐르는 땀으로 몸을 씻고
씻고 다듬고
찌지고 볶아
탑을 쌓듯
그릇 하나 하나 담다 보면
지옥 같은 더위도 사라지고

선풍기바람
한 자락에
천국의 맛을 본다

딱따구리

토실토실
알밤이 고개를 내미는 이 가을에
울긋불긋
흥에 겨운 단풍이 온 산을 달구는 이 가을에
배고프다 따다다
딱따구리
긴 골짝이 울리도록 소리치네

더는 마땅히 갈 곳도 없어
죽자 사자 식당일에 매달리는 상수나
일만 있다면 일요일도 공휴일도 마다 않고
일터로는 달려가야 하는 비정규 만수나

따다다 딱딱
마른 나뭇가지 부여잡고 밥을 구하는
딱따구리

이 풍성한 가을에
따다다 딱 딱 딱하네

나쁜 말

저 사람 사정이야 딱하지만 일이 그렇게 됐다는데 어쩔 수 있나
나라가 하는 일인데 회사가 어렵다는데 별수 있나
그냥 참아야지 하는
좋은 게 좋은 거라는 말

해고 철회 원직 복직을 요구하며 크레인 위에 올라간 사람에게
비정규직 철폐를 부르짖으며 바닥에 주저앉은 사람에게
초고압 송전탑에 내몰린 밀양 할매 할배한테
포기를 요구하는
좋은 게 좋은 거라는 말

공익이란 허울과 명분을 앞세워
늘 힘없는 사람에게만 양보를 요구하는
절대 속아서는 안 되는
좋은 게 좋다는 그 말

꽃게처럼

속이 꽉 찬 놈이라야
탕을 끓여도 맛있고
찜을 해도 좋은데
꽃게를 손질하다 보면
겉모양은 멀쩡해도
속이 비어있는 놈이 더러 있다

저녁 뉴스에서는
NLL 국정원
속을 알 수 없는 재료를 풀어
맞다 아니다
헷갈리고 짜증스럽게
손님도 없는 식탁 위에 약을 올린다

꽃게처럼
콱 잘라
그 속을 보고 싶다

조야

가슴에 넣고 떠올리면 온 몸이 환해지는 말
일테면 오월, 보리밭에 부는 바람
떡깔나무 이파리에 내려앉은 햇살
연두. 연두. 일렁이는…… 조야
파드득. 나물 같은 조야

어둔 저녁 길섶에 낮달처럼 핀
치자꽃 같은 아이
생의 비탈길에서 이름만 떠올려도
온 몸 환해지는 그런 존재하나
갖고 살 수 있다면
생의 이유는 절절하고 여한 없는 것

한낮의 성성한 욕망이 지친 피로와
좌절의 밤을 몰고 오면
뒤꼍 돌담가 감꽃처럼 웃기만 하던
천치 같은 내동생
네 이름 하나 불러 보는 것만으로

등불처럼 환해지는 것
그런 사람 하나 갖고 사는 내가
무슨 슬픔을 말할까

가능성을 말하다

수 - 넌 수학을 빼어나게 잘하는구나
우 - 이 학생은 국어 능력이 참 우수합니다
미 - 넌 음악을 이해하는 능력이 아름다워
양 - 이 학생은 과학을 탐구하는 힘이 양호합니다
가 - 넌 특히 영어 학습 능력에 무한한 가능성 있어

우리 아이들의 성적표에는
희망밖에 없다
없어야 한다.

터치 터치 내 사랑

스마트한 당신
손 끝 한 점의 온기 내게 주면
내 모든 것 다 바치겠어요
나에게로 오세요 터치 터치 온

무한 정보의 세계
나의 시는 고장 난 도구
팔딱이는 정보의 심장엔
스마트한 당신이 깜빡이고
그 맹목적 유혹을 놓을 수 없어요

터치 터치 너를 부른다
어디에 있냐고 묻지 말아요
내 영혼의 현주소는 GPS가 알려 줄 거예요

와이 파이의 은총이 내리는 곳으로 나를 데려다줘요
파장. 파장. LTE wap 파장
무한 앱의 세계로 나를 데려다줘요
무한 파장의 세계에서 빛이 되고 말테요
터치 터치 내가 되어버린 당신

자리

여름을 밀어냈던 가을
이젠 겨울에 밀리고 있다

황혼 길에서 보는 나무는
키보다 더 길어진 그림자로 서서

떠나기 싫어 알랑거리는
단풍든 잎들 떨어트리며
되돌아오지 않을 시간
거스를 고집 내세우지 않는다

밀리고 밀어내는 공존의 사슬
싸움도
저렇게 아름다울 수는 없는가

김치처럼

가슴이 메말라진 것일까
나이에 눌리는 무게 탓일까

식솔들 위한 바람벽 흔들리고부터
봄이면 아이들이 물고 올 찬바람 앞에
제 자리 찾지 못한 이 불안함

바싹 마른 억새처럼
동면할 수 없는 걱정들만 서걱되고
가슴에서 먼지만 폴폴 이는 지금

소금에 절여진 배추같이 삭아서
삭아도 푸욱 삭고 싶다

물구나무

땅에
손을 짚고 거꾸로 보는 세상

타성에 건성으로 길들어져
안일하게 살아왔던 내 시선
더듬더듬 눈높이 조절하는 사이

숨겨져 있던 꽁한 고정관념
머리에서 툭
꼬질꼬질하게 낡은 아집
가슴에서 톡

떨어져 털어내는 것 많을수록
손바닥의 차가움 알 것 같다

향수

이건 분명
나를 부르는 소리이다

가만히 귀를 모아도
주위를 둘러보아도
바람소리 하나 들리지 않고

검정고무신처럼 질기고 질긴
그 아린 가난에 지긋지긋했던 고향
미련 없이 다 지운 줄 알았는데

봄볕 화사한 오후
스멀스멀 피어오르는 아지랑이 같은

기일

바람이 온순한 양털 밭이다
양지바른 곳에서는
이미 놀러와 자리 잡은 비릿한 것들이
햇살 향해 노랑노랑 노랑 빛으로 손을 흔든다

꽃바람 분다고
들판처럼 먼 시선으로 서 계시는 어머니
종일 기다리시며 손짓 하신다

10년 전 그해 아버지가 뿌려놓은 꽃씨
잔잔한 꽃무리가 피어올라 화단은
꽃잔치에 와글와글 했었던

4월로 가자
고향 뒷산 무덤가에 꽃을 꽂아야 봄이다

인연

선배가 사무실을 이전하느라고
떠맡기듯 아이비 화분 하나를 안겨주었다
봄이 올 것 같지 않는 겨울은
유달리 춥고 메마르게 했다
몇 개 남지 않은 잎은 바람에 뚝뚝 떨어지고 있었다
양지바른 베란다에 내어 놓았다가
거실로 들여놓기를 겨우내 했던 것 같다

햇살 좋은 봄날 아이비는
줄기 끝에서부터 싹을 피워내고 있었다
어떤 환경을 안고 살아왔었는지는 중요치 않다
자신만의 배경이 만들어지면서부터
일상은 언제나 내일을 향해 건너고 있지 않는가

겨우내 허접하게 보였던 생이었지만
사실은 어마어마한 생이 오기 위해
우리가 살아왔던 시간보다
더 오래 먼 시간에서부터 왔을 것이라고
문득 아이비 화분을 앞에 두고
나는 겸손해지지 않을 수 없다

역방향

역방향으로 앉았다
뒤에서 잡아끌어가듯 풍경들은 꽁무니를 빼며 물러나고
만다
숲이 뚫린 터널을 빠져나가면 숲은 이미 저만치 휙 지나가고
듬성듬성 늪을 거닐고 있던 두루미가 점점 작아지면서 지
나가고
물안개 피어오르는 깊고 긴 강을 한참 지나가고
도시아파트가 기다랗다 묶여서 뭉텅뭉텅 지나가고
한차례 차량들이 햇살을 이고 분주하게 도시를 가로질러
지나가고
뒤에서 잡아끌어가듯 풍경들이 안개처럼 물러났다

역방향으로 앉았다
오래된 작은 구멍가게를 지켜 가신 어머니의 도시에서
큰딸도 작은딸도 성실한 남자를 만나 지나가고
민 씨 할머니가 지나가고
언제까지나 고향집에 계실 것 같았던 아버지도 지나가고
우울의 무게가 버거웠던 유정선배가 지나가고
재혼했던 친구도 남편의 폭행을 견디지 못한 채 지나가고
크레인 위에서는 아직도 끝나지 않은 처절한 희망이 지나

가고
　4대강은 시끌시끌 요란하게 부식되어 지나가고

　어머니가 서 계셨다
　당신의 딸을 보고
　누구세요 한다

흔들고 싶어라

나 노란나비 날개 같은 비옷 입고 손 흔들고 싶어라

나 노란병아리 다리 같은 장화 신고 손 흔들고 싶어라

나 비옷 속에 노란 풍선 같은 가방 메고 손 흔들고 싶어라

흔들고 싶어라 눈앞이 노래지도록 흔들고 싶어라

나 창문이 노란 버스 맨 뒤 자석에 앉아

오래오래 손 흔드시던 어머니, 어머니가 안 보일 때까지 나
도 흔들고 싶어라

그렇게 손 흔들다 보면

발바닥이 온 몸이 은행잎처럼 노랗게 물들 때까지

서 계셨을 어머니,

(다만 청소부 아저씨는 좀 쉬세요 가로등도 도로도 달리는 차들도 거리가 온통 노랗게 물들 때까지 오래오래 손 놓고 쉬세요)

어머니, 검은 빛 우산 위에 떨어지는 노란색 은행잎처럼 손 흔들다 보면

은행잎을 다 떨구고도 노랗게 서 있는 은행나무, 은행나무 위에 까치집, 까치집에 까치도 까치 위에 하늘도 그래, 하늘에 사시는 하느님도 노랗게 물들 때까지

나 어머니처럼 종일 서서 손 흔들고 싶어라

나의 하느님

1층에 살다 11층으로 이사 했다

좀 더 하느님 가까이 가고자 아버지처럼 나도 청춘을 바쳤다

사실, 몇 번의 고비가 있었지만 지하로 떨어지지 않은 것은 엄청난 행운이다

분명 지하에는 하느님이 없기 때문이다

지하에 하느님이 있다면 사돈의 팔촌에 바짓가랑이를 잡고 서라도 내려가기 위해 줄을 서겠지만 쉽게 지갑을 열지 않는 것이 증명하고 있다

이사한 아파트 승강기는 1층에서 23층까지 올라갈 수 있다

승강기를 타고 날마다 고민을 하지만 선택은 늘 한가지다

잠시 잠깐 12층 13층 계속 오르면 하느님께 좀 더 가까이 갈 수 있을 텐데 라고 욕심을 부려보지만 갈수록 힘이 부친다

하느님은 지상과 지하의 경계처럼 나와의 거리를 언제나 명확하게 구분하고 있다

아직까지 하느님과 나와의 거리는 12층 복덕방 아저씨보다 멀지만 10층 신혼부부보다는 가깝지만 갈수록 베란다에 서서 창문을 열고 스스로 시험에 드는 날이 많아지고 있다

언제나 내려 볼수록 어지럽고 치볼수록 평화로운 것은 아래가 아니라 위에 하느님이 있기 때문이다

오리와 나

이제는 두 발로 빨리 걷는 것이 너무 힘들다네

앞만 바라보고 눈에 불을 켜야만 하는 하루가 너무 무섭다네

무서워도 무섭다고 말하지 못하는 시간이 더 무섭다네

그렇다고 이 무서운 하루하루를 어찌할 수 없다네

그래서 마음을 먹었다네

오리가 되기로 마음을 먹었다네

오리가 되어 두 발을 사푼히 접고 창공을 날아 보기로 마음을 먹었다네

오리처럼 궁둥이를 씰룩이며 나는 연습을 했다네

아무리 나는 연습을 해도 발이 너무 무거워 날 수가 없었다네

그렇다고 어른으로서 가장으로서 쉽게 포기할 수도 없다네

그래서 오늘도 오리처럼 궁둥이를 씰룩이며 나는 연습을
한다네

맨날 연습만 한다고 아내에게 눈치밥을 먹지만

차라리 날아갔으면 좋겠다고 말하지 않는 아내에게 미안하
다네

궁둥이를 씰룩이며 걷기에도 바쁜 오리가

높이 날 수 없는 이유가 여기에 있다는 것을 알면서도

미안하면서도,

나는 이 시간만큼은 즐겁다네

뒤

뒤, 뒤는 언제나 애잔한 것들의 차지이다

앞이 빛나는 것은 뒤가 그만큼 어둡기 때문인데 하루의 끝
이 애잔한 것은 노을 때문인 것처럼

두 눈 똑바로 뜨고 쳐다볼 수 없도록 해가 빛나는 것은 해
의 등이 그만큼 어둡다는 것일지니

저어기 달의 이마가 은은하게 빛나는 것도 앞서 걷는 당신
의 등이 한 짐인 것도

그래 오늘은 누구를 만나도 그의 등 뒤에 슬쩍 서고 싶다

길

길은 길에서 만나는 것이다

끊어질 듯 끊어질 듯
실핏줄을 타다가
심장이 방망이질 하는
사통팔달을 만나기도 하고
칠흑 같은 절벽 앞에
서보기도 하는

뛰거나 걷거나 웃거나 울거나
매순간 선택의 기로에서
하나를 버리지 못해
하나를 쉽게 선택하지 못하는

길은 길에서만 만나는 것이다

그리움의 강

딸딸거리는 경운기에 생담배 가득 따 싣고 밀짚모자 눌러 쓴 숙이 아버지 보면 일 년에 서너 번 집에 오시는 아버지 보고 싶었다.

숙이가 아빠와 다정하던 그런 날 밤은 더 보고 싶어 산이 동그랗게 가둔 서쪽하늘 향해 들리지 않는 이름 그리움으로 쌓았다.

이제, 세월 따라 자란 그리움은 아버지의 것이 되었는지 연휴 긴 어느 날 아이들 데리고 한 번 다녀가라는 당신의 목소리 그리움의 강물 되어 흐른다.

말≡만

우리 집 내 당신
내일은 잔디 깎아야지
내일은 머리 깎아야지
오늘부터 술 먹지 말아야지
다짐, 다짐 하지만
그 내일
오늘이 되어도
잔디는 웃자랐고
머리카락은 그대로 길어 있고
여전히 변기통 붙잡고
어제의 다짐들
왈칵왈칵 쏟아내고 있는데
비위 상한 나는
가위들고 마당으로 나가
웃자란 잔디를
내 당신 머리채 잡 듯 움켜쥐곤
서걱 서걱
달랜다.

더하기 빼기

염천을 피해
경주 석굴암 오르던 길
울창한 숲 그늘에 서서
짱짱한 태양과 맞선
그늘의 실체를 보았다

바늘같이 가느다란 솔잎들
촘촘하게 어깨 둘러 만든
그늘의 일침

나는
누군가의 그늘이 되기엔
너무 작다고
늘 빼기만 했지
한 번도
더하기를 생각하지 못했다

나의 시 나의 삶

노민영

시, 치유治癒를 위한 여지餘地

나에게 시는 치유治癒를 위한 여지餘地이다.

문학은 사람들의 다양한 삶과 편린들을 그려내고 있다고 볼 수 있다. 그것이 사실이든 허구이든, 대상이 자신이든 타의 이든, 문학은 욕구를 실현하는 도구가 되기도 하며, 작품을 통한 대리 만족과 자신을 투영시켜 심리적, 정서적 안정과 감정적 승화의 효과를 주기도 한다. 이렇듯 문학은 삶을 살아가는 방법이기도 하고 자기를 돌보는 성숙한 방법이기도 하다.

시는 감정의 상태와 생각의 표출과 심층 내부의 무의식을 드러낼 수 있는 아주 솔직한 것이기도 하다. 그렇기에 시는 과거를 유쾌하게 끌어안을 수 있고, 현재를 견디게 하며 미래를 명료하게 꿈꿀 수 있게 한다. 또한 시적 상상력의 형상화는 무의식적 핵심감정과 문제의식들을 의식으로 올려 일깨워주고 자신의 감정을 인식하게 하며, 내적 감정을 충분히 표현함으로써 정서적인 안정을 가져다 줄 수 있다. 따라서 시는 감정의 분출, 정서의 표출이며 환기적 기능을 지닌다고 볼 수 있다. 생명의 언어, 치유의 언어이며, 건강한 자아 회복을 기대할 수 있는 여지를 담고 있다고 할 수 있다.

언어는 인간에게 주요한 의사소통의 수단이며, 느낌과 생각의 내면세계를 표현하는 도구이다. 그러므로 사람들의 언어는 자신의 함축된 내면의 속성을 드러내는 행위로 볼 수 있으며, 그 언어의 소통을 통해 자신을 진단하기도 하고 위안을 추구하는 속성이 언어 속에 내재되어 있다고 볼 수 있다.

나는 태어나서 의사소통이 가능한 말을 하게 될 시점부터 말수가 줄어드는 레일을 아직도 달리고 있는 중이다. 어린 시절 언어장애로 소통에 장애를 겪으면서 많은 놀림을 당했다. 그로 인해 스스로의 고립과 소통단절은 장애의 필수품 정도로 여겨야 된다고 다짐했지만 세상살이는 혼자 가둔다고 되는 일만은 아니었다. 인생에서 자신의 의지와 상관없이 맞닥뜨리게 되는 사실에 대처할 무엇이 없다는 암담함보다도, 극복할 수 없다는 현실에 직면할 때 좌절감과 상실감에 휩싸이는 경우가 누구나 더 많을 것이다.

말을 아낀다고 하여 마음이 전하여지는 것이 아닌 것을 보면, 세상을 살아가는 방식은 말을 다 하지 않아도 전달될 수 있는 시의 속성과는 사뭇 다른 것 같다. 말을 아꼈던 것이 아니라 말을 하지 않았던, 기피현상의 트라우마는 청소년기가 끝나도록 출구를 찾지 못했다.

스물 초입 부모님이 떠나고 형제가 떠난 시골 빈집을 지키며 살붙이 흔적을 혼자 쓰다듬고 살았던 시골 밤은 유난히 길고 적막하였다. 늦은 밤 라디오를 끼고 살았던 그때, 황청원 시인의 『칡꽃향기 너에게 주리라』라는 책에 관한 청원스님의 방송을 듣고 글이라는 것이 자신과도 소통할 수 있는 것임을 처음 알았다.

밤은 인간에게 침묵의 그 깊은 의미를 깨닫게 해줍니다.

환한 낮에 슬쩍 보아넘긴 몇 장의 풍경도 거기에 가라앉아 있습니다.

무심하게 잊어버린 몇 마디의 언어라도 거기에 숨어 있습니다.

인간은 어둠 짙은 짧은 순간의 밤을 통하여 많은 생각과 마주하
게 되고

그로 인하여 숨겨졌던 진실들과 만나게 되는 것입니다.

— 황청원, 「칡꽃향기 너에게 주리라」 중에서

나에게 밤은 부족함을 가리는 은둔이면서도 잔잔하고 절제
된 호수와 같아서 경계에 튕기면 도로 거두는 파문처럼 내가
던진 질문에 대해 되새김하는 법을 깨닫도록 하였다. 아무도
답을 줄 수 없는 경우 스스로 그 해답을 찾아 나서야 한다는
것을 알게 되었다.

바라보는 곳마다 따라 움직인다.

의사는 드물게 생기는 경우로 평생 간다고 하며

충격을 받아서 그렇다는데

병원을 나서며 아무리 생각해도

충격을 받은 적이 없는 것 같다.

그날 밤

보름달을 바라보며

눈병을 고민하는 나와

눈동자가 마주친 달은 나에게
자신의 이야기를 들려주었다.

수억만 년 전
단 한 번의 큰 충격으로 인하여
까만 하늘의 눈동자가 되었으며
그 속에 묻은 얼룩은
너무 한 곳을 바라보다 짓무른 흔적이라고
그리고 오랫동안
떠날 수 없는 힘에 이끌려
언제나 제자리를 맴돌고 있으며
아무리 먼 곳에 있어도
눈길을 뗄 수 없는 곳을 향하여
이렇게 빛나는 거라고

내 눈도
지독한 눈길을 떨치지 못해
병을 앓고 있는 것일까

— 졸시,「눈병」중에서

　점점 세상을 알아가는 나이가 되어갈수록 나는 내 의지만
으로는 되지 않는 극복보다, 내 처지에 맞는 순응이라는 길을
택했다. 꿈 많은 이십 대에 논길을 걸었던 어느 봄날, 겨울에

눌린 새봄이 기지개를 펴고 꽃을 피우는 그 순간에도 돌멩이에 깔려 하얗게 질린 새 쑥 잎이 세상을 향해 손을 뻗고 있었다. 나는 답답하게 새 쑥을 누르고 있는 돌멩이를 얼른 치우면서 말했다. 하필이면 그 돌멩이가 너를 덮쳤는지는 모르지만 돌멩이는 봄볕에 따뜻하게 달구어진 온기로 어둠에 가려진 씨앗에 싹을 틔우게 하였으며, 너는 돌멩이의 짓눌림을 이기고 세상에 보란 듯이 나설 수 있게 되었고, 오늘같이 돌멩이가 치워진 날을 만나서 구부러진 몸이라도 추슬러 새파랗게 자라게 되었으니 삶의 의지만 있다면 그래도 살아갈 만한 세상이 아니냐고 새 쑥을 쓰다듬었다.

그 이후 세상을 읽고 글을 쓰는 습관이 생겼다. 내 마음을 치유하고 장애를 앓는 사람들의 마음들을 보듬고 싶었다. 시는 문학으로서의 가치 이외에 사람들의 불안정한 정서를 해소하거나 감소시킴으로써 심리적 또는 정신장애를 치료하는 효과가 있다. 즉 시는 창작자의 무의식 속에서 해소되지 못한 정서에 관한 내면의 감정 보고서이며 심리적 고뇌의 산물이지만, 동시에 그것의 대안적 치료이며 정화된 정서적 치료의 텍스트인 것이다.

세상은 온통 장애이다. 사람의 신체적 정신적 장애보다 사회적 원칙을 지나치게 무시하고 이치와 순리를 역행하는 데서 비롯되는 과욕의 산물로 서로 상처를 주고 장애를 앓고 있다.

나에게 작은 바람이 있다면 기형적인 사회구조 속에서 장애를 앓는 사람들을 치유할 수 있는 그런 문학을 지향하고 싶다. 우리 주변엔 아직도 평범하고 정상적인 삶을 누리지 못하는 사람들이 너무나 많기 때문이다.

시와 시인 그리고 진정성에 대하여

시라는 것을 왜 쓰게 되었는지의 질문을 스스로에게 해 놓고 한참을 생각해도 참 아리송하다는 생각을 합니다.

사실은 중학교 때쯤부터 뭔가 끄적이고 베끼고 하던 습관이 점점 시 쓰기로 정착된 것이 아닐까 생각해 봅니다. 그러나 사실 별것도 아니게 시작했지만 시인이라는 게 그리 호락호락하지 않다는 것을 느끼고부터는 참으로 난감하던 때도 있었습니다. 이런저런 글을 읽고 습작이라는 것을 하고 동인들과 토론도 하며 점차 굳어진 지금의 생각은 일단 시라는 것은 세상과 친구를 맺는 것이라는 생각입니다. 세상이라는 것이 나의 친구이므로 늘 친구의 말을 들어주어야 하며 때로는 친구의 슬픔을 같이 아파해야 하고 또한 어떤 때는 포장마차에서 친구와 괴로움을 같이 나눌 수 있어야 하리란 생각이지요.

세상이란 내 친구이지만 그는 늘 할 말이 많지요. 늘 좋은 일보다는 괴롭고 슬픈 일이 더 많은 친구이지요. 그래서 어떤 때는 친구가 싫기도 했습니다. 친구를 외면할 수 없다는 생각, 아니 친구를 외면하면 안 된다는 생각에 약간의 부담감도 없지 않았지요. 그러나 그때는 세상이란 친구가 바로 나 자신이란 생각을 못했지요.

시 쓰기가 나의 이야기이면서 바로 아파하는 세상이야기의 비유라는 생각을 하게 됩니다. 그래서 저는 첫째로 의의意義가 있는 문학을 말하고 싶습니다. 세상이라는 친구의 아픔을 잘 담아 낸 글을 좋은 글의 첫 번째 조건으로 삼고자 합니다. 세상의 아픔을 다독여 줄 수 있는 글이면 참 의의가 있는 글이 되겠지요. 그러나 최소한 세상이란 친구의 이야기에 관심을 가지는 글이라야만 의의가 있다고 하겠습니다.

두 번째는 진정성이 있는 문학을 말하고자 합니다. 진정성이란 진심 어린, 혹은 겸허한, 진솔한 등의 표현으로 이해될는지 모르겠습니다. 일단은 한 편의 글에 진심을 다하는 태도라고 말하고 싶습니다. 머리로 짜 맞추는 게 아니라 마음이 이 말을 꼭 하고 싶어서 벼르고 별러서 쏟아 내는 말, 그 뜨겁고 응어리 진 말, 내 몸에 밀착된 발언이 진정성이 있는 글이라고 생각합니다.

세 번째는 적절한 시 형식의 선택을 말하고자 합니다. 시의 다양한 형식을 접해 보고 습작에서 적용해 보고 하는 과정을 통해서 어떤 소재의 글을 쓰겠다고 생각을 했다면 이 글에 잘 어울리는 어법과 장치 등을 골라야겠지요. 사진작가가 구도를 잡고 색깔의 톤을 생각하여 노출을 조절하는 등의 과정과 흡사하다고 할까요.

일단은 이 세 가지로써 저는 시를 판단하고자 합니다. 이 기준은 어떤 문학 이론에서 가져왔다기보다 그냥 경험적으로, 저 나름대로 정한 잣대에 불과합니다. 스승에게 체계적으로 배운 바가 없기도 하지만 그렇다고 무슨 이론서를 꼼꼼히 읽어 보지도 않고 이런 기준을 맘대로 만들어서 들이대는 것은 어불성설이지 않은가 한다면 사실은 변명할 여지가 없지요. 하지만 막노동을 많이 한 사람도 나름대로의 일하는 원칙을 가지고 있다는 것을 생각해 본다면 저의 세 가지 원칙도 순전히 경험을 토대로 자연스럽게 형성된 것이니만큼 나름대로의 일리는 있지 않나 하는 생각을 합니다.

짧은 설명이지만 이 세 가지 원칙을 바탕으로 저의 졸작 「정숙이」를 한번 뜯어 보도록 하지요.

초등학교 졸업하고 한 번도 연락 없던 정숙이
느닷없이 찾아와 정수기 하나 사라네
물 참 좋다기에 할부로 끊어서 하나 사기로 했네
정숙이 정수기 잘 팔겠다고 했더니
물 좋은 데 가야 잘 팔린다고 하네
물 나쁜 데 가면 꼬치꼬치 따지기만 한다네
우리 동네도 물 썩 좋지 않다고 했더니 그냥 웃네
정수기는 역삼투압 방식이라고 하네
이 세상도 벌써부터 역삼투압이 작용하고 있지
않느냐고 했더니 웃기만 하네
또 정수되고 남은 물은 버리는 방식이라고 하네
정수된 물이 삼이면 버리는 물이 칠이라 하네
정숙이 너는 지금 삼이냐 칠이냐 하고 물었더니
그저 웃기만 하네 정수기 파는 정숙이

정숙이의 핵심적인 모티브는 정숙이와 정수기의 발음이 같다는 데 있습니다.

저는 이런 모티브가 머리를 펀득 스치는 데서 시 쓰기가 시작됩니다. 그러면 정숙이와 정수기의 사회적인 관계를 만들어내고 (사실은 저의 동창 중에 정숙이는 없습니다) 세상이라는 친구에게 들었던 이야기와 결합시킴으로써 의의를 획득하는 절차를 우선으로 하고 머릿속에서 며칠 동안 구상을 하지요. 그러면서 진정성을 획득하기 위해서 정숙이와의 만남에 대한 감정을 만들어 갑니다. 감정을 만든다고 할 때 진정성이 과연 정당한가에 대한 문제가 있을 수 있지만 연기를 하는 연기자가 대본을 보고 감정을 잡듯이 어법을 선택하거나 상황배치를 하면서 최대한 내 몸에 밀착되는 쪽으로 배려를 해야만 하겠지요.

그 다음은 정원에 나무를 심듯이 시의 주요한 요소들을 시 전체의 공간에 적절히 배치하는 작업을 생각합니다. 이때는 기, 승, 전, 결의 형식을 선택한다거나 아니면 아이러니, 반전, 해학, 풍자 등 여러 형식들, 그도 아니면 스스로 개발한 어떤 형식을 써도 주제를 잘 살려만 낸다면 상관없다고 하겠습니다.

정숙이의 주요 포인트는 첫째 정숙이와 정수기의 발음관계, 두 번째 물 좋아야 한다는 것, 세 번째 역삼투압 방식, 네 번째 정수되고 남는 물은 버리는 방식입니다. 정숙이와 정수기의 발음 관계는 구체적으로 시를 짓겠다는 마을을 일으키게 한 영감이었습니다. 여기서 이것을 세상이란 친구에게 들었던 이야기에 바탕을 두고 구상을 하게 되는 것이지요. 두 번째 "물 좋아야 한다"는 것에서 정수기의 물이 좋다는 말은 구체적으로 정숙이한테 들었던 내용이고 이것을 잘 사는 동네와 연결시켜 사유한 것이지요. 이때 아이러니가 발생하면서 시의 매력을 높일 수 있다는 것입니다(중의법). 즉 정수기라는 상품이 물 나쁜 곳에서 잘 팔려야 정상인데 오히려 물 좋은 동네(잘사는 동네)에서 잘 팔린다는 것은 아이러니에 해당하지요. 세 번째 "역삼투압 방식"에 대해서는 그러니까 농도가 다른 두 물질 간의 벽을, 투과할 수 있도록 만들면 자연히 삼투압이 작용해서 두 물질간의 농도가 같게 되는 것이 삼투압 현상인데 이것의 반대 현상이 역삼투압 현상이란 가정 하에서 (그러니까 삼투압은 평등을 상징한다면 역삼투압은 불평등 빈익빈 부익부의 현상을 상징한다고 봐도 되겠습니다) 상징적으로 말한 것이지요. 마지막으로 "정수되고 남는 물을 버리는 방식" 또한 정규직과 비정규직 혹은 사회의 소외받는 사람들을 상징한다고 봐야 하겠습니다.

그런 정수기를 파는 정숙이는 내 동창이자 내 친구이자 그가 바로 나인 셈입니다.

제가 설명한 가운데는 진정성과 약간의 거리가 있는 태도에 대해서 의아해 하실 분도 있으리라 생각합니다. 왜냐하면 주도 면밀하게 설계하고 짜 맞추는데 어떻게 마음으로 넘쳐 나오는 진정성을 획득할 수 있느냐는 것이지요. 그렇습니다. 그래서 항상 진정성의 결핍에 대해서 살피지요. 가능하면 감정을 고조시키려고 몰입한다든지 어법의 선택을 세심하게 배려한다든지 하게 됩니다. 그래도 이 진정성 문제는 금세 표시가 나게 되지요. 그래서 아주 많이 표시가 나 버리면 아예 시를 표기해야 하는 상황도 있을 수 있지요.

박덕선

나는 왜 문학을 하는가?

인간 누구에게나 삶은 숙명이요, 부단한 짐이며, 인간은 끌고 가거나 아니면 끌려가는 존재다. 하여 갈등 속에 살아갈 수밖에 없다. 에리히 프롬은 『소유냐 존재냐』에서 '현실에 영합하며 물질을 좇는 소유적 삶을 살 것이냐'와 '세계와 자아의 조화 속에서 보이지 않는 가치들을 추구하는 삶, 즉 존재적 삶을 살 것이냐'고 묻는다. 그것은 '살아있는 삶이냐? 살아가는 삶이냐?'를 묻는 것이기도 하다. 그 차원에서 나는 내 생에 대한 지극히 능동적 도전으로서 살아가는 삶의 실천으로 문학을 선택했다.

아마 열 살쯤이었을 것이다. 시골학교 도서관에 가득 꽂혀 나의 몸과 맘을 온통 사로잡았던 계몽출판사의 어린이도서전집이 모두 지어낸 이야기라는 것을 안 것이. 작품을 통하여 세상과 소통할 수 있고 무궁무진한 세계를 열어갈 수 있다는 것을 알고 벅찬 기쁨에 들판을 내달았던 그 시간 속에 나는 아직도 살고 있다. 작고 미미해서 한 점의 생명으로 끝나버릴지도 모르는 나의 존재를 저 너머 유럽, 아프리카까지도 보여줄 수 있는 위대한 일이 바로 '글을 쓰는 일이구나'하는 열 살의 깨달음이 글쟁이의 길로 나를 들어서게 했다. 그 후로 나는 한 번도 꿈이 바뀌어본 적도 없으며 언제나 변함없는 목표는 작가였다.

그렇다면 어떻게 작가가 된다는 것인가? 내 십대는 주로 이생각과 뒹굴었다. 무한정으로 책 읽어대기, 백지만 보면 뭔가를 끄적이고 일기 쓰기, 온갖 사물을 붙잡고 말 걸기, 중얼거리기였다. 특히 첩첩산중에서 가장 많이 보고 자란 들풀이나 나무들에게 말 걸기, 대답하기 등등의 습성들은 사춘기를 맞으며 온갖 의문과 혼돈으로 흔들렸고 이상과 현실의 끔찍한 괴리에 나는 절체불명의 소용돌이에 빠지고 말았다.

도대체 나의 정체는 무엇인가? 내가 누구인지, 어떻게 살아야 할지도 모르는데 무슨 작가가 된다는 말인가? 이십 대까지거듭되던 갈등 속에서 나는 무병 앓는 신딸처럼 방황했다. '부처가 되고 싶으면 부처를 죽여라' 진정한 자신을 알고 싶으면표면적 자기를 죽여야 한다는 이 명제가 희미한 희망을 제시했다. '시인이 되고 싶으면 먼저 네 자신부터 알아'라는 지상명령이었다. 세상을 사랑하려면 자신을 가장 사랑할 줄 알아야하는데 외피에 드러난 내 욕망의 저변에는 자신에 대한 혐오가 도사리고 있어 끊임없이 나를 부정했던 것이다. 그로 인해내 영혼이 깊이 상처를 받고 있었다는 깨달음을 얻었다는 것이 삼십대에 얻은 문학적 성과이다. '문학은 다양한 스펙트럼으로 세상과 자신을 보는 눈이자 삶 그 자체이다'라는 화두 하나를 쥐고는 힘차게 일어섰다.

그때는 가장 시급한 문제가 나를 아는 일이었다. 이름 없는시골 깡촌에서 작고 못생겼으며 사대 독자집안의 천덕꾸러기

다섯 딸 중 맏딸로 잡초처럼 살아내야 했던 무거운 현실은 내 존재 자체를 부정하게 만들었던 것이다. 어디론지 숨어버리고 없는 나의 진아眞我를 부르는 노래를 시작했다.

들판이 부르는 소리
나풀대는 풀잎의 말을
다 들어버린 여자
비 오면 빗줄기 바람 불면
가지 끝에 깃든 묏새

오늘밤 너를 안고 달래 본다.
머리카락 어루만지며 다독인다.

작두 타는 무녀가 되었다가
배앓이 하는 고양이가 되었다가
선불 맞은 개가 되기도 하는
신열로 들뜬 가여운 밤

밤이면 너를 부르는 노래 간절하다
풀어헤친 어둠의 머리카락
뿌리 없는 바람의 주소
딱 한소끔만이라도
고요히 잠들어 보라고

자장자장 내 가여운 영혼

— 졸시, 「자장자장 가여운 내 영혼」 전문

내 가여운 영혼과 마주하고 화해하고 다독이며 강보 속에서부터 외면당하고 상처받은 슬픔을 치유해 나갔다. 그렇다. 내 삶을 이야기 하는 것이다. 내 삶이 바로 생명의 이야기이고 우주의 이야기인 것이다. 문학과 철학과 과학이 어깨동무하고 이뤄가는 세상 속에서 나도 '그 무엇'이 될 수 있다는 자신감을 얻었다. 서른 중반이 다 되어서야 내가 나를 만난 것이다. 해우의 기쁨은 고통스러웠지만 벅찼다.

'그렇다면 이제 어떤 작가가 될 것인가?'에 대한 과제가 남았다. 『25시』의 작가 게오르규의 주장처럼 '문학은 잠수함 속의 토끼'여야 한다. 세상이 불의하거나 아플 때 가장 민감하게 감지하고 저항하고 치유하고 애쓰나 절대절명의 순간이 오면 가장 먼저 죽어야 하는 토끼여야 한다는 것이다. 문학수업을 통해 사회참여 없이 순수한 문학은 반쪽일 수밖에 없다는 정신에 매료되었다. 그래서 사회운동에 뛰어들었다. 여성운동, 언론운동, 교육운동, 환경운동을 연계하며 활발한 활동을 하면서 여성작가가 생태운동을 하는 것은 당연한 사명이라는 생각 하에 생태운동을 종착역으로 꾸준한 활동과 생태시 쓰기에 돌입했다.

우리를 둘러싸고 있는 환경과 세계의 문제 중 가장 큰 과제가 생태계의 위기극복이요, 생명성 회복이라는 대 과제는 절

박하다. 거기서 '토끼로서의 내 사명'은 무엇인가에 대한 문학적 고민을 내 성장의 배경이었던 자연에서 생태의 파괴와 회복의 현장을 통해 발현하고자 방향을 잡았다. 생명성 회복은 땅의 회복 곧 자연의 복원이며, 인간성 회복은 생명을 낳고 기르는 여성성의 회복을 통해 가능하다는 결론을 얻었다. 생태적 삶은 곧 여성성 회복이며 그 두 사유의 열매가 내 창작의 결과물인 것이다. 그러나 사명이나 의무감만으로 문학을 하는 것은 물론 아니다. 그 심연에는 멈출 수 없는 즐거움이 있다. "까르페 비타", 내 눈앞의 순간을 최대한 즐길 것이다. 그러나 그 즐거움이 뭇 생명들을 위한 것일 때 완성된다.

무작시리도 비가와서
한가위 달빛도 먹어버린 밤
번개 맞은 혼들이
부두도 빌딩도 소꿉처럼 나뒹구는
참담한 가을이
자식 뽑아낸 뱃속처럼 헛헛해
옛 땅을 찾아 떠돈다

그 고운 모래사장 월포 해수욕장
갯벌 구멍 파고 놀던 생명의 기억들
맴맴 매미가 운다.
미친년 치맛자락처럼 헤쳐놓은
어시장, 마산만

조개딱지 앉을 자리에 들어 앉아
등불 켰던 사람들아

— 졸시, 「매미가 운다」 전문

나의 눈앞에서 펼쳐지는 환경파괴 현장이나 생태문제를 고
발하는 고발자로서의 발현하는 시인의 사명이요, 내 문학의
실천이다.

그러나 생태위기를 외치고 고발하는 비판자로서의 문학적
가치에 시는 머무르지 않는다. 나의 가장 큰 생태적 화두는 '생
태회복'에 있으며 에코토피아의 실현에 있다.

바다, 물기 그윽한 낙조
달무리가 지지 않아도
내일은 비가 내리리
오월이 갈망하는 초록은
비린내 무성한 수태고지다
시큼한 살구 텁텁한 풋감이
꽃자리 떨구고 출산의 아우성
푸른피 가득한 산야다

물끄러미 노을이 진다
산허리 감싼 물안개 사이로
일렁이는 물결

노을빛이 산실을 차리고
산꿩의 진통을 싸안는다

풀꾹새 축가 드높으면
오월은 비린내 물씬
양수를 쏟는다

                         ─ 졸시, 「오월, 왁자한 생의 바다」 전문

   온갖 생명들이 갖는 가치에 주목하고자 낮은 자세로 엎드린 운동가로서의 실천과 삶은 문명의 이기에 익숙한 인간우월론자들에게도 함께 낮아지기를 권한다. 잡초 한 포기 나무 한그루의 생애에도 마음을 둘 줄 아는 감수성을 갖자고 손내민다.

첫 비행이었구나
선홍색 피 손바닥에 번지고
어미제비 선회하다 간 자리에
속수무책으로 선 나와
마악 눈을 감은 너
……(중략)……
네가 펴다만 날개 내게 접었으면
네 날개 아래 내가 깃들어야 겠구나
텃밭 신선초 아래 너를 묻는다

내 겨드랑이에 사뿐히 스미는 날개

자, 날갯짓 해봐.

— 졸시,「영접」전문

　생태공간 속에서는 나무도 풀도 곤충도 짐승도 모두 하나
의 생명체이며 그 가치를 존중 받아야 한다. 작은 생명들에게
도 공평무사한 마음을 줄 수 있을 때 비로소 자연과 인간의
관계가 제대로 회복될 수 있는 것이다.

　나아가 나는 여성이다. 생래적으로 피할 수 없는 업이자 축
복이다. 여성작가는 그래서 할말이 더 많다. 아버지의 세계와
남성의 말에 길들여져 모호해진 정체를 회복하고 생명을 낳고
기르는 '살림'의 존재로서 본연의 힘을 회복해야 한다. 그것을
위하여 노래하는 것이 여성작가로서의 사명이자 존재의 물음
에 대한 답인 것이다. 이전엔 남성과 여성의 생물학적 차이로
세계와 언어가 분리되었었다면 이제는 '젠더'로서의 여성성의
지점에서 자연과 인간, 남성과 여성이 평화와 공존을 모색하여
지구적 환경과 생명의 위기를 극복하는 차원에서의 공동체를
노래해야 한다고 보는 것이다.

　산이 길 되고 숲이 공장되는
　아버지의 나라에 울리던 쇠망치소리
　포크레인 큰 손에 젖가슴 무너져가던

어머니 없는 나라의 여자들은
지금 앓아누웠습니다.
……(중략)……
재갈 물린 혀는 풀리게 하시고
전족당한 발은 맨발로 뛰게 하시며
그 손으로 더 이상
아기들의 양식을 빼앗지 않게 하소서

산들의 가슴에 박힌 아버지의 못을
이제는 뽑아내게 하소서

황폐한 자궁에 꽃들의 씨앗을
심으소서

— 졸시, 「하나님 어머니」 전문

　이상에서 내가 꿈꾸는 세계는 '에코토피아'이다. 지구촌에
서 일어나는 수많은 전쟁, 기아, 파괴, 착취, 불평등 등 모든 문
제의 전면은 물질과 자본이 낳은 것들이다. 과학문명의 유죄
를 논하고자 하는 것이 아니라, 온갖 지구문제의 이면에는 환
경문제가 존재하며 자연과 인간의 관계상실에서 오는 불행임
을 깨닫고 막자는 것이다. 그래서 에코토피아이다. 생태회복을
위한 인간의 노력은 과학문명을 이끄는 주류들에 대한 저항
이요, 생태회귀적 감수성을 갖고 인간과 자연과의 관계를 회

복하는 일이다. 그것이 내가 시인으로서 글을 써야 하는 이유이며 사명인 것이다.

천연 자연공간에서 성장했으나 도시에서 보낸 나의 청년기는 산골에서의 성장을 콤플렉스로 여기게 했으며 그로 인한 어눌함은 부적응과 자연에 대한 그리움을 더 깊게 했다. 그래서 나의 작품세계는 소외와 차별 아래 웅얼거리던 분노의 단계를 넘어 도시와 자연의 관계회복을 추구하는 메신저의 역할을 하고자 한다.

이후의 작품들은 좀 더 본질적인 문제로 접근하여 생명을 살리고 키워 낼 수 있는 담론형성의 주제를 제공하고 사회 인식을 바꾸어 나가는 토대가 되기를 희망한다. 지구는 그 속에 살고 있는 뭇 생명체들의 것이며 그들과 공동체를 함께 나눠 쓰며 상생 할 수 있을 때 우리는 위기로부터 벗어날 수 있을 것이다. 이 시점에서 문학의 역할은 지대하며 생명운동의 한가운데서 생태시로서의 내 작품도 그 완성도를 높여 가고자 희망한다.

배재운

부족함을 채우는 시

나는 왜 시를 쓰는가. 내 시세는, 지향점은 무엇인가라는 자문에 곰곰이 생각해 봐도 뚜렷한 답이 없다. 그러니 내가 어떻게 시를 만났는가를 되짚어 봐야 할 것 같다. 나와 시의 첫 만남은 초등학교 6학년 때인가 교내 글짓기에, 강제로 원고를 내라는 명령 때문인 것 같다. 그때, 난 나름대로 내 글이 좋다 생각했지만, 반 친구가 쓴 글 (한겨울 찬바람에 떨고 있는 감나무를 걱정하고 위로하는 글)을 보고 내 글은 글이 아니다, 난 소질이 없다 느꼈고, 그러고는 글을 쓰지 않았다. (그래도 책방을 지날 때는 가끔 시집을 산 것 같고, 술 취하면 비망록에 휘갈겨 쓴 적은 있는 것 같다.) 세월이 지나 박노해의 「노동의 새벽」을 읽고, 시는 이런 거구나 하고 감동을 받았지만 그래도 시를 쓴다는 생각은 못했다. 방송대 다닐 때 동아리에서도 친구 좋아 어울렸지 시를 직접 쓰리라는 생각은 못했는데, 어쩌다 보니 시를 쓰게 되었다. 그리고 보니 내게, 시는 '친구 좋아 어울리다 얻어 걸친 행운 같은 것이다'라고 할 수 있겠다. 그러니 내 시는 부족한 데부터 출발한다. 부족한 걸 아니 나를 돌아보게 되고, 그러니 또 반성하게 되고, 나에게 과분하게 주어지는 가족, 이웃, 친구들의 사랑이 내게 시를 쓰게 하는 것 같다. 그러니 내 시는 부족함과 반성과 사랑의 엉얼거림이라 할 수 있겠다. 아무리 착하게 열심히 살아도 행복해지지 않는 어긋난 한쪽이 있다. 이것을 바로잡으려는, 거침없는 파도나 천둥 같은 노래가 내 시가 되었으면 좋겠는데 아직도, 마음속으로 흥얼거리는 노래일 뿐이니, 또 반성이다.

밤을 꼬박 새우고
퇴근하면
좋아라 매달리는 아이들
억지로 뿌리치고
잠을 청했다

야간 일 하는 주마다
늘 되풀이되던 실랑이
어제 일 같은데
이젠 알아서 발소리 죽이고

텔레비전 소리 낮추는 아이들

한 번 안아 주고 싶어도
다 커 버린 아이들

― 졸시, 「벌써」 전문

초기 작품 중 하나인데 여기에도 아쉬움과 반성이 깔려 있는 것 같다.

토실토실
알밤이 고개를 내미는 이 가을에
울긋불긋
흥에 겨운 단풍이 온 산을 달구는 이 가을에
배고프다 따다다
딱따구리
긴 골짝이 울리도록 소리 치네

더는 마땅히 갈 곳도 없어
죽자 사자 식당일에 매달리는 상수나
일만 있다면 일요일도 공휴일도 마다 않고
일터로는 달려가야 하는 비정규 만수나

따다다 딱딱
마른 나뭇가지 부여잡고 밥을 구하는
딱따구리

이 풍성한 가을에도
따다다 딱 딱 딱하네

—졸시, 「딱따구리」 전문

마른 나뭇가지를 쪼며 먹이를 찾는 딱따구리 소리, 따다닥 딱하네 하다 보니, 딱하네 하는 말이 머릿속을 떠나지 않는다. 일요일이라 모두 멋 부리며 산으로 바다로 놀러 떠난 것 같지만, 넓은 공장에서 땜빵하는 비정규나 손님 없어도 가게에 매달려 있어야 하는 영세자영업자도 있다는 것, 나와 또 처지가 비슷한 이웃이 이 풍요로운 가을에서 소외된 것 같아 마음이 아프고, 마른 나뭇가지 부여잡고 먹이를 찾는 딱따구리 같아 딱하다.

요즘 보기 어려운 귀한 딱따구리 소리라 유심히 살펴보다 졸시 시상을 얻다. 서원곡에서.

이규석

아버지 그리고 시의 길

1980년대 초 처음 공장생활을 시작하면서, 문학이 무엇인지도 모르고 수필을 쓰면서 회사사보를 통해 원고료를 타는 계기가 있었다. 고팠던 시절 그 고료로 동료 혹은 친구들과 술로 배를 채웠던 기분, 말로 표현이 어려울 만큼 좋았던 것이다.

그렇게 술에 젖을수록 세상은 불만투성이로 보였다. 그런 불만들을 자유롭게 까발려 가슴속을 후련하게 털어내는 분위기 연출(고료의 힘)이 수필을 계속 쓰게 만들었던 같기도 하다.

어쩌면 또 그것은 가난한 농부의 장남으로 아버지를 일찍 여원 나에겐 가정을 책임져야 한다는 두려움으로 힘든 생활에 대한 불만들의 넋두리일 수도 있었겠지 싶다.

그러면서 단편소설도 입질해 보았지만 스스로에게 뭔가 느낌이 개운치 않았고 글들이 남을 너무 의식해서 쓴다는 걸 느끼고 있던 중 詩의 매력을 알게 한 김현승 시인의 「아버지의 마음」을 접하는 기회가 있었다. 詩 중에 이 구절을 주목해 보면

아버지의 눈에는 눈물이 보이지 않으나

아버지가 마시는 술에는 항상
보이지 않는 눈물이 절반이다
아버지는 가장 외로운 사람이다

이 연을 보면 아버지가 자식들 앞에서는 강하고 흔들림 없
는 정신을 보여주는 것 같고 아울러 가정을 이끌어갈 걱정에
고민으로 마시는 술을 눈물에 비유한 그 상징적 表現이 정말
가슴에 와 닿는 것 같다.

가슴을 탁 치게 하는 '아, 바로 이것이다'. 그래서 詩를 택하
게 된 것이다.

첫 시집 『하루살이의 노래』와 지금의 글들도 김현승 시인
의 영향이 많이 묻어 있다는 걸 새삼 느끼고 있다. 예를 들면
가장家長의 고민을 표현한 졸시 「전봇대」이다.

어깨 무겁다고
슬쩍
내려놓을 수도 없는 짐

말은 삼켜야 했다

세찬 바람 불고 갈 때마다
우우우 속울음 울어도
일탈할 수 없는 제자리
스스로 길이 되어

꿋꿋하게 지키고 섰다

— 졸시, 「전봇대」 전문

이 졸시는 아버지를 일찍 여읜 내 입장에선 가정을 꾸려갈 무거운 짐을 어깨에 진 나와 전봇대가 꼭 빼닮아 문학이 아무리 픽션이라지만 리얼적 표현이 된 것으로 보면 되겠다.

초등학교 때부터 꿈이 선생님이었는데 4남 1녀의 장남으로써 동생들 학비를 걱정 안 할 수 없었다. 동생들을 고등학교 대학교를 졸업시키는 동안 내 꿈은 도저히 생각할 틈조차도 없다. 등록금 입학금을 충당해 내기엔 월급이 너무나 적었던 그때의 현실, 무슨 사족을 더 달 수 있을까. 내 꿈을 위해 가족을 저버릴 수도 없는, 하여 가족을 지켜야 하는 그 끈끈함으로 제자리를 감수해 내어야 했다.

詩를 쓰면서 詩가 나에게 사회생활의 유혹이나 나쁜 길이 있어도 바르게 지켜주고 세워줘 부끄럼 없이 살아오고 또한 살아가면서 인생도 더불어 배우게 되었다. 아직은 작품들이 표현 방법에서부터 많이 서툴다. 계단을 오를수록 힘들고 어려움이 있지만 나는 포기하지 않을 것이고 더욱 공부하고 배워가는 자세를 가질 것이다.

그래서 아름답고 가치 있는 삶 즉 그런 詩의 세계가 되도록 최선을 다할 생각이다. 한편으로 내가 추구하고자 하는 詩세계는 가난한 우리들의 아픔과 고통을 함께 나누는 것이다. 이를 통해 희망적 세상을 열어가고 싶은 것이다.

이상호

내일을 위한 시

나의 처음 글쓰기는 보여주고 싶거나 보이고 싶은 취기 어린 마음에서 일기장 같은 곳에 적어 나가는 습작에서 시작되었다고 할 수 있을 것입니다.

어린 나이에 공장에 취직하고 조금씩 세상 물정을 알아간다 할 수 있을 때 사회의 만만찮은 모습을 보며 속고 살고 있다는 생각을 하게 되었고, 억울함을 표현할 방법이 마땅치 않을 때 글을 통해 표출하는 것을 알게 되고 그때부터 시를 배우고 시를 쓰지 않았나 생각해 봅니다.

정규직 약속을 받고 비정규직으로 이 년 여를 일만 하다시피 살아오던 어느 날 처음으로 정리해고 통보를 받고 나의 단순함과 어리석음과 무지無知를 깨달으며 분노와 좌절감에 쓴 시가 아직 마음에 남아 있는 것도 나에게 거는 최면술 같은 것이라 생각해 봅니다.

이사급 빽이면 충분하지 않느냐고
곧 정규직 발령 받을 거라고
입사주도 내고
철야에 특근까지

일 년 넘게 일했는데

기다려도 기다려도

인사발령 애기 없고

믿었던 빽도

다른 곳으로 발령 받아 가 버리고

회사사정 어려워져

한 달 치 월급 더 줄 테니

사직서에 사인하라는

설날 앞 둔 어느 날

같이 잘린 반 동료들과

노동 사무소 찾아갔건만

정당한 해고라 아무 하자 없다는 말에

자취방에서 대낮부터

깡소주 마시던 날

마시면 마실수록 온몸이 시리고

정신은 맑아져

내가 술을 마시고

술이 나를 마시는

— 졸시, 「그 겨울 어느 날」 전문

지금도 가까이에서는 가족의 모습에서, 이웃의 모습에서, 미디어를 통한 사회 약자의 모습에서 끊임없이 보게 되는 그들의 좌절과 분노, 그리고 억울함을 생각하다 보면 여전히 변

하지 않는 세상과 늘 그러려니 하고 살아가는 소시민들의 생각에서 가끔은 자포자기하고 싶은 생각도 들지만 내가 알게 된 세상과 지금도 겪고 있는 세상 속에서의 무지無知를 조금이나마 알려 나가고자 하는 마음은 변함이 없습니다.

지행합일知行合一이라는 문구가 생각납니다. 알면 행동으로 해야 한다. 이 말을 잘났든 못났든 아는 만큼 생각하고 아는 만큼 행동하라는 의미로 늘 가슴속에 품고 있습니다. 뛰어나지는 못해도 인재는 못 되어도 나의 삶과 이웃의 삶과 사회 속에서의 삶에서 부조리와 불합리와 불평등을 생각하며 진실된 삶을 통해 있는 그대로의 모습을 전달하고픈 마음을 가집니다. 이런 글쓰기가 먼 훗날 기쁨과 희망을 노래하는 즐거운 글쓰기가 될 수 있으리라 믿습니다.

언젠가는 '내가 술을 마시고/ 술이 나를 마시는' 세상이 아닌, 즐거워서 마시고 함께라서 더 마시는 술자리를 염원해 봅니다.

최상해

시, 희망 찾기

하루를 시작하기 위해 눈을 뜨는 순간부터 생각 속에서 생각을 이어가고, 생각과 함께 하루를 마감했던 나만의 세계를 어릴 때부터 즐겼던 때가 있었다. 건강하지 못했던 탓에 이삼 일에 한 번씩 병원을 가느라 학교를 결석해야 했던 초등학교 시절, 기차를 타고 좋다는 민의(民醫)를 찾아 곳곳을 어머니와 함께 찾아다니기도 했다. 그럴 때마다 다가오던 바다와 강과 산이 그리고 바람과 햇살이 내게 쉴 새 없이 의문을 던지곤 했다. 학교를 가지 못한 채 친구들과 어울려 노는 것보다 슬픔을 먼저 가슴에 새겨 넣었으니, 슬픔은 어릴 때부터 그림자처럼 삶의 가까이에 늘 붙어 있었다.

어린아이가 글이 슬프다고 일기 검사를 하시던 담임선생님이 앞으로 글을 써보면 어떠냐고 백일장에 나가보라고 권유를 하기도 했던, 그러나 슬픔을 떠나기로 작정할 때마다 나는 더 큰 슬픔과 함께 자라고 있다는 것을 그때는 몰랐다. 그 슬픔이 문학이라는 자양분으로 자라 사사를 받아 보라시던 여고 시절 선생님의 관심도, 계엄하 엄혹했던 1980년대도 사회라는 열린 공간에서의 슬픔보다는 안으로 안으로 파고드는 폐쇄적 슬픔에 빠져 나는 쉽게 그 시간으로부터 자유롭지 못했다. 난

공불락의 요새 같은 대학의 문을 들어서도 나에게는 꿈을 펼칠 수 있는 그 무엇도 되지 못했다.

내가 그의 이름을 불러 준 것처럼
나의 이 빛깔과 향기香氣에 알맞은
누가 나의 이름을 불러 다오.
그에게로 가서 나도
그의 꽃이 되고 싶다.

우리들은 모두
무엇이 되고 싶다.
너는 나에게 나는 너에게
잊혀지지 않는 하나의 눈짓이 되고 싶다.

— 김춘수, 「꽃」 중에서

김춘수의 「꽃」에 대한 나의 관점도 다른 독자들과 다를 바 없는 극히 평범한 것에 머물고 있었지만, 1980년대를 지나면서 어렴풋이 '존재'에 대한 깊은 의문이 김춘수의 「꽃」을 통해 나를 에워싸기 시작했다. 그렇게 내 삶도 어떤 '존재'로서 자리를 잡고 있다는 막연함 같은 것에서 슬픔을 잊어 보려고 했으나 시간은 그렇게 단순하게 삶을 바꾸는 데 지침서를 건네주지 않고 강물처럼 쉼 없이 흐르기만 했다.

그러다 〈객토〉를 만났고 만난 후에 나의 슬픔이었던, 아픔이었던 시간들도 점점 치유되는 것을 몸으로 느끼기 시작했다. 이는 행운이다. 행운이지만 더 큰 빚을 지는 심정이다. 어찌 보면 이 또한 슬픔이 밑바탕을 받치고 있는 것은 아닌지 늘 살피는 중이다. 다시 말해 다시는 그냥 방황해서는 안 되겠다고 그래도 시를 쓰고자 하는 입장에서 일반독자처럼 통념적으로 세상을 살아가지 말아야겠다고, 세상을 보는 눈을 어디에 두어야 하는지, 내가 내 작은 슬픔에서 벗어나는 시를 쓰는 것에서부터 출발하기로 한다.

시 한 편에도 존재의 가치를 부여하자. 살아가면서 부닥치는 것들 중에 가치 없는 일(것들)이 있겠는가. 또한 적당한 가치란 있을 수 있는가. 이런 생각의 밑바탕이 점점 다져지기 시작한 것도 내 슬픔에서 벗어나고부터이다.

1970년대 후반과 1980년대를 지나면서 이미 잃어버렸던, 삶의 희망 같은 것들을 놓아 버린 채 세상을 안일하게 살았던 시간을 다시 되돌리는 것, 시를 통해 슬픔의 벽을 넘어서는 것, 무엇보다도 세상의 부조리와 부딪혀 그 속에서 노래로 불리어지는 시를 써야 한다는 것, 이게 지금의 내 화두라 해도 되겠다.

밀양밀양 하고 입안에 되뇌기만 해도
미량미량 부드러운 햇살이 온몸을 소곤소곤 감싸던 밀양 간다
언제였더라, 영남루에 올라
강에서 불어오는 바람에게도 부러워했던
그런 진한 풍경을 더듬으며 밀양 간다

동그랗게 동그랗게 서로 몸을 의지하며

정겹게 흐르는 밀양강

그런 강 같은 따뜻한 사람들이 사는 밀양 간다

76만 5천 볼트를 실어 나르는 송전탑이 날벼락처럼 떨어지고부터

밀양강으로 햇살이 떼로 몰려왔다

흔적 없이 사라진 자리마다

무성한 소문들만 둥둥 떠다닌다는 밀양에 간다

밀주교를 지나 남천교를 빠져나가면서도

내 기억의 눈부셨던 햇살은 그 어디에도 찾아볼 수 없는

밀양, 지난여름 가혹한 시간을 견디느라

산이며 들이며 강이 만신창이가 되고 있는 밀양

나 오늘 밀양 간다

― 졸시, 「밀양」 전문

그러다 밀양을 만났다.

희망버스를 타거나 촛불을 같이 들거나 송전탑을 반대하는 목소리를 향해 산을 오르거나, 우리가 할 수 있는 것을, 시로서 표현할 수 있는 것을 표현하려면 행동이 따라야 한다는 이 단순한 명제를 「밀양」을 통해 표현하려고 했다. 결코 놓을 수 없는 서정성을 본바탕으로 음악과 시가 한 몸이라는 것을 증명해 주는 적당한 리듬감, 살아 있는 언어를 발굴하고 잘 배치하는 것, 장차 내가 써야 할 시의 기본이 이런 것이 되어야 한다고 그게 시의 길이라고.

결코 늦다는 생각은 않기로 했다. 사람을 만나고 그 사람 속에서 시를 찾고 시를 통해 노래하고 삶의 아름다움을 기록해 놓는 것, 시작이 지금일지라도 서둘지는 않겠다고, 밀양을 다녀오면서 나만의 밀양을 마음에 담아 그때처럼 오늘도 밀양 밀양 해 본다.

표성배

시도 삶도 좀 헐렁하면 좋겠다

시가 너무 진지하단다 진지하기만 하고 재미는 없단다 너무 진지
하다 못해 무거워서 들 수가 없단다 이철산시인 부친상에 문상
을 하고 소주잔을 씹으며 시와 노동자 사이에서 우린 너무 진지
하다

학생과 선생 사이처럼 빚쟁이와 빚꾸러기 사이처럼 자본가와 노
동자 사이처럼 의사와 환자 사이처럼 사이에 사랑 하나 머물지
못해 진지하다 그런데 시마저 진지하면 이 사이를 어떻게 좁히느
냐며 시 좀 재미있게 쓰잖다

가끔 나와 내 애인사이처럼 이 세상 모든 사이가 좀 헐렁했으면
좋겠다고 때로는 애인 맞아! 이런 의문을 갖는 순간에도 너무 진
지하지 않았으면 좋겠단다 가슴이 뜨겁다가 차가워지는 이유가
너무 진지해지는 순간부터라고 그 때부터 사랑도 식는단다

학생이 없는 선생이나 환자가 없는 의사나 노동자가 없는 자본가
나 그 반대를 상상해 보면 무슨 이런 황당한 일 이라고 진지하게
고민하기보다 뭔가 헐! 웃음이 절로 나지 않을까 웃다보면 좀 더

사랑해야지 그런 생각이 들지 않을까

옥상에 망루를 짓고 십자가를 진 세입자들이나 밀양 송전탑을 반
대하며 노구老軀를 던지는 주민들이나 쫓겨난 일터로 돌아가고자
신발 끈을 묶는 쌍용자동차노동자들이 말하지 않아도 통하는 달
빛과 달맞이꽃 사이처럼 그런 아침과 저녁을 맞으면 좋겠다

— 졸시, 「헐렁했으면 좋겠다」 전문

햇살이 푸근한 환한 대낮이었다. 마산에서 대구까지는 그
리 먼 거리가 아니다. 그래도 늘 목이 매여 아등바등 거리는 쇠
말뚝에서 벗어난다는 것은 언제나 마음이 먼저 알아차린다.

상가에서 삶의 엄숙함을 먼저 만나고 상주를 위로하고 소
주잔 앞에 앉을 때까지는 그래도 마음이 좀 무거워야 하는데,
환한 대낮이라는 속살까지 파고드는 햇살이라는 것이 마음
을 먼저 들쑤신다. 발동하는 장난끼 같은 것이 솟는 것은 꼭
어린들에게만 해당되는 것은 아니다. 자연스러움은 어찌 보
면 겨울 다음에 오는 봄 같은 것인지 모른다.

그런 마음으로 들떠 있는데 대뜸 재미있는 시 좀 쓰잖다. 너
무 무겁단다. 삶도 무거운데 시까지 무거워 도대체 시를 읽을
수가 없단다.

어떤 시를 쓸 것인가? 시를 어떻게 쓸 것인가에 대한 고민은
아침저녁처럼 가까이 있지만 그 고리를 잡아채는 것은 쉽지가
않다. 그렇다 보니 시는 점점 더 어려워지고 무거워지고 노래라

는 시가 가지고 있는 본래의 의미에서 자꾸 벗어나 안으로안
으로 숨는 것이라고, 잘 알고 있다고 생각했는데 이 말은 충격
이었다.

특히 노동시는 이미 노동이라는 무게에 짓눌린 지 오래 되
었지만 아직도 누르고 있는 바위 돌을 걷어 내는 데는 한계가
있는 것 같다. 물론 그 한계는 시를 쓰는 시인의 몫이지만 그
몫을 부채처럼 짊어지고 가기에는 넘어온 고개도 없으면서 한
고개를 앞에 둔 것 마냥 높이부터 가늠한다.

시 좀 재미있게 쓰자는 말이 진지하게 문상을 마치고 나온
상주의 입에서 튀어 나올 때는 상가라는 분위기에 더하여 바
위의 무게로 다가오는 것이 지금까지 무슨 여행처럼 들떠 있던
기분을 싹 가시게 하고도 남는 말이었다.

재미있는 시 좀 쓰자.

「헐렁했으면 좋겠다」는 바위에 눌린 기분으로 마산에 돌아
와서 지금까지 내가 쓰고 쓴 시들과 앞으로 써야 할 시들에 대
해 고민하면서 나온 시다. 정말 시 좀 재미있게 쓰자. 누구에게
나 쉽게 다가가 등을 어루만져 주는 속살까지 화사한 한낮의
햇살 같이 다가서는, 그러면서도 깊은 내공으로 충만한 시,

서울 용산의 망루와 밀양의 송전탑, 쌍용자동차 도장 공장
옥상에서 일어났던 일들에 대해 "진지하게 고민하기보다 뭔가
헐! 웃음이 절로" 나는 것은 있을 수 없는 일이기 때문이기도
하지만, 이 시대 시인으로서 할 수 있는 일이 그리 많지 않기
때문이기도 하다.

허영옥

시, 와락 안아주고 안기고 싶은

하고 안는
이 얼마나 격정적이고 가슴 뜨거운가!

마지막 생명줄
33미터 철탑에 매달고
살얼음 천막 안에 가장을 가둔
세상의 끝에서 꿈꾸는
'와락'

정규와 비정규
강제휴직과 정리해고
죽은 자와 살아남은 자
아침과 저녁
당신과 내가 마주할 아침

'와락'

─ 졸시, 「와락」 전문

'와락'은 쌍용자동차 해고노동자와 가족을 위한 심리치유 센터입니다.

즉, 정리해고로 인해 가정을 이끌 능력을 잃은 가장의 삶은 가장 한 사람만의 문제가 아니라 온 가족이 그 여파를 고스란히 안을 수밖에 없는 것이 현실입니다. 즉 나락으로 떨어진 가정, 가족들의 극단적인 삶을 희망적인 삶으로 만들어 보고자 정신과 전문의들이 중심이 되어 만들어진 치유 공간이 '와락'입니다.

우연히 TV 채널을 돌리다 보게 된 〈다큐멘터리 3일〉에서 우리가 살고 있는 세상의 사람살이가 얼마나 어려운지를 보았습니다.

싸우고, 기다리다 지쳐, 미안해서 삶을 마감하는 노동자들과 그 가족들의 삶이 너무 차가워 뜨거운 눈물이 흘렀습니다.

재미없는 삶이란 말이 얼마나 사치인지, 내 삶이 힘들다고 노래하듯 한 날들이 얼마나 부끄럽고 미안했는지…….

더 부끄럽게도 삶과 죽음을 넘나드는 72시간이라는, 짧은 그들의 삶을 엿보며 아웅다웅하는 자잘한 내 삶의 날들이 얼마나 다행이냐고 위안을 받았습니다.

〈객토문학〉 동인의 책

문영규 시집『눈 내리는 저녁』

　　　　시집『윙크를 한다』(근간)

박덕선 여성문화 동인 '살류쥬'

　　　　1집『상처받은 몸』

　　　　2집『아버지』

　　　　3집『여성살이』

　　　　4집『주부가출 권하는 사회』

　　　　『풀꽃과 함께하는 건강약초 126선』

배재운 시집『맨얼굴』

이규석 시집『하루살이의 노래』

이상호 시집『개미집』

표성배 시집『아침 햇살이 그립다』

　　　　시집『저 겨울산 너머에는』

　　　　시집『개나리 꽃눈』

　　　　시집『공장은 안녕하다』

　　　　시집『기찬 날』

　　　　시집『기계라도 따뜻하게』